Bernd Mittenzwei

Einer nur

Originalausgabe

Printed in Germany
Titelbild (Foto): Bernd Mittenzwei
Umschlaggestaltung: A. Fritz Verlag
Lektorat: Maria Mittenzwei

a-fritz-verlag.de

ISBN 978-3-944771-43-4

Für Laura und Katharina

War is over!
If you want.

John Lennon und Yoko Ono

Vorspiel in der Cafeteria

Ich lernte Ajnur in der Reha kennen. Er fiel mir auf, weil er versuchte, unsichtbar zu sein. Sein Blick, seine ganze Körperhaltung sagten: „Sprich mich nicht an! Lass mich in Ruhe!". Er saß oft im Garten oder in der Cafeteria herum oder rollte scheinbar ziellos über die Klinikflure, die nach Desinfektionsmittel rochen. Die Kapuze seiner grauen Trainingsjacke nahm er nur ab, wenn er Besuch hatte. Dann schien er ein anderer zu sein. Ein sehr blasser Junge mit einem schiefen Lächeln und einer erstaunlich tiefen Stimme, die an Regentagen, wenn ein Spaziergang mit dem Rollstuhl nicht möglich war, durch die Cafeteria oder die Eingangshalle schallte.

Auch ich saß hier öfter, wenn ich nicht gerade Physio hatte oder irgendeine andere Quälerei. Alles, was hier geschieht, ist Quälerei. Erst einmal. Brutal. Aber die schlimmste Qual von allen war für mich das Alleinsein in meinem Zimmer. Da saß ich in dieser kalten Stille, die sich wie eine eiserne Klammer um meinen Brustkorb legte, und sah den Wänden zu, wie sie langsam näherkamen, unaufhaltsam aufeinander zu wanderten, bis ich starr vor Entsetzen spürte, wie mir die Luft zum Atmen ausging. Ich wollte aufspringen und weglaufen, aber das ging nicht. Das war es ja eben: nicht mehr weglaufen zu können. Also saß ich da und wartete, bis die Panik unerträglich wurde und ich in die vor den Mund gepresste Ellenbeuge schreien musste, so laut ich konnte. Dann besser im Garten oder in der langweiligen Cafeteria rumhocken, wo ich mir zum Schutz davor, angesprochen zu werden, die Kapuze meines schwarzen Pullis über den

Kopf ziehen und den Leuten beim Leben zusehen konnte. Diesem Jungen zum Beispiel. Er war sehr jung, erinnerte mich an meinen letzten Abiturkurs, der jetzt von irgendeiner anderen Lehrkraft auf die Prüfungen vorbereitet wurde. Keine zwanzig jedenfalls, also kaum halb so alt wie ich. Er war nicht sehr groß, soweit man das bei einem Menschen, der niemals steht, beurteilen kann, und sehr dünn. Dennoch bewegte er sich mit seinem Rollstuhl kraftvoll und geschickt. Seine Mutter und seine Freundin besuchten ihn fast täglich. Sie gingen spazieren, redeten, spielten Karten. Mit den beiden Frauen war er ganz anders, redete, erzählte, lachte manchmal sogar. An manchen Tagen kam nur seine Freundin und sie blieben in seinem Zimmer.

An dem Tag, als wir das allererste Mal miteinander sprachen, saß ich im Garten in der Herbstsonne und versuchte zu lesen, konnte mich aber wie so oft seit dem Unfall nicht konzentrieren. Also legte ich das Buch auf den Tisch neben mir, schloss die Augen und versuchte zu dösen. Nach einer Weile hörte ich das Knirschen von Reifen im Kies und sah durch die halbgeöffneten Lider den Jungen, der vor mir stoppte und versuchte, den Titel des Buches zu entziffern, das vor mir auf dem Tisch lag.

„Vierunddreißigster September“, sagte ich.

Er sah mich verständnislos an. Sein blasses Gesicht unter dem wirren schwarzen Haar verriet die Besorgnis, dass auch mit meinem Kopf Schlimmes passiert sein könnte.

„Das Buch“, sagte ich. „Heißt `Vierunddreißigster September´.“

„Ach so“, sagte er und griff an die Räder, um weiterzurollen, entschied sich dann aber doch anders. „Und worum geht es?“

„Schwer zu sagen.“ Ich musste tatsächlich überlegen. „Um ein Dorf und die Menschen, die dort leben. Auch um die, die gestorben sind. Um die Vergeblichkeit und um die Hoffnung. Und um den Tod.“

„Und?“, fragte er.

„Was und?“ Ich wollte das Gespräch rasch beenden, bevor ich in alte Verhaltensmuster zurückfiel und anfing, über Literatur zu dozieren.

„Gut?“ präzisierte er seine Frage und drehte den Rollstuhl so, dass er besser auf das Buch sehen konnte.

„Ich glaube schon“, sagte ich. Ziemlich abgefahren und schwer reinzukommen. Aber richtig gut geschrieben. Soweit ich das beurteilen kann.“

„Ich mag abgefahrene Geschichten“, sagte er. „Die meisten Leute wollen immer das lesen, was sie immer lesen. Krimis, Liebesgeschichten und solchen Scheiß. Und am allerliebsten das, was alle lesen: Bestseller. Elend langweilig!“

„Findest du das nicht etwas elitär?“ Irgendwie hatte ich das Gefühl, ich müsste ihm widersprechen. „Warum soll ein Bestseller nicht auch ein gutes Buch sein? Nimm doch den „Faust“ zum Beispiel.“ Schon war es also passiert. Ich versuchte, einen Jüngeren, der sich nicht wehren konnte, über Literatur zu belehren. Aber der konnte sich wehren. Und wie:

„Faust? Ha! Kann schon sein, dass das ein Bestseller ist. Meinetwegen. Aber wer hat ihn denn gelesen? Kein Schwein! Dabei ist der wirklich gut. Das abgefahrenste Buch von allen.“

„Du hast ihn wohl gelesen?“

„Ne“, sagte er. „Ich habe ihn auswendig gelernt.“

Ich glaubte ihm kein Wort. Aber ich lieh ihm das Buch aus, ich konnte das gerade ohnehin nicht lesen.

Zwei Tage später, ich rollte gerade zur Physio, sah ich, wie er mit seiner Mutter aus dem Aufzug kam. Er winkte mir zu und rief: „Ich bring dir später dein Buch vorbei.“

Seither trafen wir uns fast täglich. Ich hatte den Eindruck, er brauchte jemanden zum Reden, jemanden, der ihm zuhörte. Und ich brauchte jemanden, dem ich zuhören konnte, ohne selbst viel zu reden.

Er hatte eine sehr eindringliche Art zu erzählen. Seine Stimme hatte einen angenehm tiefen Klang, wurde manchmal aber auch ganz hoch und fast zart, manchmal eng und hart. Er hatte einen leichten osteuropäischen Akzent und ab und zu unterliefen ihm Grammatikfehler, die in einem seltsamen Kontrast zu seiner etwas antiquiert wirkenden, immer wieder überraschend poetischen Sprache standen. Was mich aber wirklich störte, waren die Kraftausdrücke, die er sich angewöhnt hatte, und die er an den unpassendsten Stellen verwendete, obwohl ich ihm immer wieder sagte, dass mich das störte.

Schon bei unserer zweiten Begegnung begann er, mir seine Geschichte zu erzählen, und ich beschloss, sie aufzuschreiben.

Also, stell dir vor: an einem einfachen weißen Tisch vor einer weißen Wand zwei Männer im Rollstuhl. Der eine ziemlich jung, vielleicht siebzehn, achtzehn, der andere irgendwas um die Vierzig. Der Ältere hat sein Handy vor sich liegen und nimmt alles auf, was der Jüngere, Ajnur also, erzählt. Und jetzt, stell dir vor, an der weißen Wand, hinter den beiden, erscheint, während Ajnur erzählt, die Projektion eines Films. Du sitzt an einem Nebentisch, hörst unweigerlich, was die beiden reden, und siehst die Geschichte von Ajnur wie einen Film. Bist du bereit? Dann kommt jetzt der ...

Prolog auf Reha

Aber was soll das denn, Alter? Wieso willst du das alles aufschreiben? So was will doch keiner lesen. Was soll daran spannend sein? Einer fährt los, versucht irgendwie klarzukommen, trifft jemanden, die zwei wollen zusammen sein, und dann kriegt einer auf´s Maul. Punkt. Fertig. Ende.

Genau. So machen wir´s.

Was? Wie?

Naja. Wie du sagst:

Kapitel 1: Einer fährt los.

Kapitel 2: Einer kommt schon klar irgendwie.

Kapitel 3: Einer trifft jemanden.

Kapitel 4: Zwei wollen zusammen sein.

Kapitel 5: Einer kriegt aufs Maul

Und das findest du gut?

Ja, das ist gut. Ich schreibe alles so auf, wie du es sagst.

Genau wie ich reden tu?

Ich nehme unsere Interviews mit dem Handy auf und schreibe sie dann eins zu eins mit dem Computer. Die ganzen Grammatikfehler würde ich allerdings verbessern.

Ey, was heißt hier „die ganzen Grammatikfehler", was laberst du für eine Scheiße, Alter!

Ach ja. Damit das auch klar ist: deine Kraftausdrücke, diese ewige Fäkalsprache. Das geht gar nicht. Das nervt total. Damit ist ab heute Schluss. Für jedes vermeidbare Scheiße, Pisser, Wichser, Fuck lasse ich einen Grammatikfehler stehen.

Hey, ich mach kein Grammatikfehler, du Spast. Bist du behindert?

Ja. Bin ich. Genau wie du. Spast kostet zwei Fehler.

Ey Alter, was ist los mit dir? **Mich dünkt, der Alte spricht im Fieber.**

Oh, was war das, ein Faustzitat. Witzig! Macht zwei Fehler weniger.

Okay, Alter. Das ist gut. Für jedes Zitat machst du dem nächsten Satz ein bisschen schöner.

Die Wette biet ich.

Topp! So machen wir´s. Geiler Scheiß, Alter. Faust gegen Balkans. Bin echt neugierig, wer gewinnt.

Wir werden sehen. Aber jetzt fang an. Erzähl!

Was denn?

Wie das alles passiert ist.

Und wo soll ich anfangen?

Am Anfang.

Im Anfang war das Wort.

Welches?

Aber.

Kapitel 1: Einer fährt los

Track 1

Aber wo soll einer wie ich denn hinfahren?

Das ganze Drama hat damit begonnen, dass meine Oma mir fünfhundert Euro geschenkt hat.

„Am Ende der Ferien sind die weg“, sagte sie. „Und du hast Spaß gehabt und etwas von der Welt gesehen. Sonst kannst du´s mir gleich wiedergeben.“ Das hätte ich auch am liebsten gemacht. Ihr das Geld gleich wiedergeben, meine ich. Was soll ich damit? Wo soll ich schon hinfahren? Und mit wem? Aber dann hätte sie sich wieder Sorgen gemacht und mich als schrägen Vogel hingestellt. Das macht die immer. Da muss die gar nichts sagen. Die schaut einfach über den Rand ihrer Brille mir genau in die Augen und atmet ein bisschen lauter aus als nötig. Sie meint das liebevoll, aber sie könnte genauso gut sagen: „Ach Ajnur, du schräger Vogel, da haben wir´s wieder.“ Bin ich ja auch. Irgendwie. Ein schräger Vogel, meine ich.

„Was machen denn deine Freunde in den Ferien? Wo fahren die denn hin?“, fragte meine Mutter und wischte sich die Tränen ab, weil sie gerade Zwiebeln schnitt. Wir saßen am Küchentisch, über Eck, wie immer, sie so, dass sie zum Fenster raussehen konnte auf die Straße und das Haus gegenüber, und ich mit dem Rücken zur Wand. Draußen nieselte es aus einem grauen Himmel. Ich stand kurz auf und sah hinaus. Die Leute, die an der Haltestelle vor unserem vierstöckigen Mietshaus auf die Straßenbahn warteten, zogen ihre dünnen Jacken enger um sich. Ein Julitag in Nürnberg-Süd halt. Ich setzte mich wieder hin und schälte den Knoblauch. Gab Spaghetti mit Tomatensauce.

Spezialrezept. Könnte ich jeden Tag essen. Meine Oma stand am Herd und passte auf, dass das Nudelwasser nicht überkocht.

„Ach, die machen eine Radtour." Etwas Blöderes fiel mir auf die Schnelle nicht ein. „Genau. Eine Radtour" sagte ich, völlig sinnlos, schnappte mir ein scharfes Messer und fing an, den Knoblauch klein zu schneiden.

„Wohin denn?"

Verfluchte Kacke, ich hatte doch keine Ahnung, wo man von Nürnberg aus mit dem Fahrrad hinfahren tut. Meine Freunde fragen ging ja auch nicht. Ich hatte nämlich keine. Keine einzige. Ich habe das nur so gesagt, damit sich meine Mutter keine Sorgen macht. Kleine Notlüge. Wenn sie herausfindet, dass ich ein Outsider bin, ein einsamer Freak, macht sie sich nur Sorgen und Vorwürfe, weil sie denkt, dass sie was falsch gemacht hat. Dann fühle ich mich erst recht beschissen, weil mit mir ja offensichtlich was überhaupt nicht stimmt. Und weil sie dann denkt, dass das so ist, weil mit ihr selber was nicht stimmt, was ja gar nicht stimmt. Ist nicht so einfach bei uns. Also sagte ich ab und zu: „Ich treffe mich mit meinen Freunden." – „Ach, schön. Was macht ihr?" – „Wir gehen zu Paul. Musik hören, Quatschen. Keine Ahnung." Und so weiter. Meine Mutter freute sich dann und ich fuhr den restlichen Tag mit dem Fahrrad durch die Gegend und nahm Geräusche auf.

Du nimmst Geräusche auf?

Klar, Mann. Was ist daran so ungewöhnlich? Hier, du nimmst doch auch die Geräusche auf, die ich mache.

Naja, du erzählst deine Geschichte.

Ja und, Alter? Die Natur erzählt uns auch ihre Geschichte.

Bloß hört kein Schwein mehr zu. Das ist nämlich die Kacke. Dass keiner mehr zuhört. Naja, du schon. Du hörst mir zu. Immerhin. Aber wann hast du zum letzten Mal gehört, was ein Fluss so dem lieben langen Tag vor sich hin plaudert? Oder der scheißkalte Herbstwind in den Bäumen. Oder eine Krähe in die Abenddämmerung. Wenn man stundenlang draußen alleine unterwegs ist, dann hört man das ganze Zeug halt, was die Natur so von sich gibt. Und manches davon klingt richtig, richtig geil. Hier, warte, ich habe noch ein paar Aufnahmen auf dem Handy. Da, hör mal! Dieser Track heißt: „Der Himmel pisst auf die Pegnitzwiese". **An diesen Klang von Jugend auf gewöhnt, ruft er auch jetzt zurück mich in das Leben.**

Du hast recht. Das klingt echt spannend. Aber warum warst du denn dauernd alleine unterwegs? Hattest du keine Freunde?

Was weiß denn ich? Keine Ahnung. Die mögen mich nicht und ich mag die nicht. Ich rede anders, ich sehe anders aus, ich denke anders. Ich passe nicht zu denen. Ich passe zu niemandem. Ich bin ein Alien. So was wie mich gibt´s eigentlich gar nicht. Oder die sind Aliens, eingeschleust von einer bösen kosmischen Macht, und ich bin der letzte überlebende Erdling. Deswegen nennen die mich auch nicht bei meinem Namen: Ajnur. Ein schöner, bosnischer Name eigentlich. Heißt Mondlicht. Aber das kennen die nicht, die Spacken. Ist ihnen auch egal. Also sagen sie mir einfach Einer. Einfach Einer. So … irgendeiner halt. Wer kommt denn da? Ach, Einer nur. Einmal habe ich gesagt: Ich heiße Ajnur. Schrie einer gleich: Ein Ei nur? He, habt ihr gehört? Einer hat nur ein Ei!

Scheiße, Alter! Und jetzt musste ich so tun, als ob das meine Freunde wären und ich mir für die Ferien nichts Schöneres wüsste, als mit ihnen irgendwohin zu fahren. Und wo the fuck fahren Aliens in Urlaub hin?

Aber dann fiel mir, während ich dem Basilikumpflänzchen am Küchenfenster seine sämtlichen Blätter ausriss, weil nämlich nie genug Basilikum in der Tomatensoße ist, ausgerechnet Frank ein, die alte Pottsau. Der hatte neulich getönt, er fährt mit seinen Eltern zu einem FKK-Camping an die Ostsee, „Pussies gucken". Also gut, so sei es denn. Dann halt an die Ostsee.

„An die Ostsee", sagte ich zu meiner Mutter.

„Und, fährst du mit, mein Liebling?"

„Mal sehen. Kann schon sein."

Ich hasse es, wenn sie „mein Liebling" sagt. Das tut sie immer dann, wenn sie sich Sorgen um mich macht. Also ziemlich oft. Keine Ahnung, wieso. Eigentlich mache ich keine besonders riskanten Sachen. Ich besaufe mich nicht, ich kiffe nicht, ich rauche keine schrägen Kräutermischungen und esse keine halluzinogenen Pilze. Einige aus meiner Klasse machen das, geben sich jedes Wochenende auf die eine oder andere Weise voll die Kante, bis sie sich bekotzen und bepissen und geben am Montag in die Schule damit an. Und von Woche zu Woche merkst du, wie der eine oder andere wieder ein kleines bisschen blöder geworden ist. Bis er bloß noch Scheiße in sein Kopf hat. **Er nennt´s Vernunft und braucht´s allein, nur tierischer als jedes Tier zu sein.**

Natürlich sind nicht alle so. Es gibt schon auch ein paar gute Typen in meiner Klasse, mit denen ich tatsächlich ab und zu abhänge. Da war Paul, der ist kleinwüchsig. Hat ganz kurze Beine. Ich meine, mit so was kann man doch nicht rumlaufen. Er aber schon. Irgendwie kam der ganz gut klar. Wetzte in der Schule durch die Gänge, immer alleine, und fiel manchmal über die eigenen Füße. Dann versuchte er mühsam wieder aufzustehen, und die anderen gingen einfach außen rum. Dazu hat er noch einen schweren Sehfehler. Deshalb saß er im Unterricht immer ganz vorne, allein an einem Einzeltisch, und versuchte dabei so zu gucken, als fände er das alles total ok. Fand er aber nicht. So viel war klar.

Paul macht Musik. Nicht so wie die Coolen, in einer Band, sondern alleine, daheim an seinem Notebook. Genau wie ich. Allerdings machte er eine ganz andere Art von Musik, so eine Art elektronischer Presslufthammerpunk. Er hat mir das einmal vorgespielt, bei sich zuhause, in seinem Zimmer. Es klang nach großer Wut und Gemetzel. Dazu hatte er Kampfszenen aus „Fortnite" wie ein Musikvideo darübergelegt. Ich fand das passend und sagte ihm das auch, was ihn freute. „Und was machst du so?", fragte er.

„Ach", sagte ich, „ganz anders. So versponnenen Scheiß." Um ehrlich zu sein, schämte ich mich für das, was ich machte. Das finde ich sowieso das Schwerste überhaupt: sich nicht zu schämen für das, was man macht.

Die Datei, auf der ich meine Tracks ablegte, nannte ich SCHAPO: Schamanische Hardcore-Poems. Ich fuhr zu verschiedenen Tageszeiten mit dem Fahrrad an die Pegnitz, etwa zwanzig Minuten von unserer Wohnung in der Südstadt aus, dorthin, wo man, wenn man am Flussufer steht, keine Autos hört und keine Züge, nahm die Geräusche der

Vögel auf, das Rascheln des Windes in den Blättern, das Plätschern des Flusses und das Summen der Insekten. Zuhause unterlegte ich das mit Bass und Drums und manchmal mit einem breiten Keyboardsound. Das höre ich mir dann tausendmal hintereinander an und suche mir aus einem der Gedichtbände meiner Oma einen Text aus, der dazu passt. Zu Anfang habe ich die Texte nur dazu gesprochen. Aber irgendwann habe ich versucht, eine Melodie zu erfinden, zu improvisieren, mit meiner Stimme zu experimentieren. Das ist auch so ein Ding, das mich zum Alien macht: Ich singe gerne. Natürlich nur für mich, wenn keiner dabei ist. Meine Stimme klingt beim Singen ganz anders, als wenn ich spreche. Beim Reden ist sie dünn und klein und schüchtern. Ich würde gerne so sprechen wie Lutz, der sich zwar für Gottes größtes Geschenk an die Frauen hält und auch sonst ein Arschloch ist, aber eine echt tragende, tiefe Sprechstimme hat. Gegen den klinge ich wie eine kleine Maus im Schwitzkasten der Katze. Aber wenn ich singe, ist das anders. Wenn ich in Form bin, hört sich das an wie eine innere Kraft. Aber es funktioniert nur, wenn ich alleine bin. Am liebsten draußen, weit weg von den anderen, oder zuhause, wenn meine Mutter nicht da ist.

Einmal kam sie heim, als ich gerade die Gesangsspur aufnehmen wollte und eine ziemlich laute und hohe Passage einsang. Normalerweise höre ich schon am Klang ihrer Schritte im Treppenhaus, dass sie es ist, spätestens aber wenn sie die Wohnungstür aufschließt und ihren Schlüssel zu den anderen in die Muschelschale fallen lässt. So klingt nur meine Mutter. Das kann man eigentlich gar nicht überhören. Aber dieser Take war mir echt sauwichtig, und ich wollte meiner Stimme in der Höhe viel Kraft geben und war voll im Flow und legte mein ganzes Gefühl rein und sang echt krass hoch, einfach nur auf „Aaahhhh“, und da riss sie die Tür zu meinem Zimmer auf und rief entsetzt: „Mein Gott, Ajnur, was ist mit dir, mein Liebling?“ Fuck, das war mir echt sowas von peinlich. Obwohl man sich ja vor der eigenen Mutter eigentlich nicht schämen muss, die hat einen ja zur Welt gebracht und gestillt und die verschissenen Windels gewechselt. Einer Mutter ist nichts fremd an dich. Aber dass ich so singe, fand sie schon krass. Also habe ich die Gesangsspur nur noch aufgenommen, wenn sie ganz sicher nicht da war.

Kaum ist eine Woche einsames Arbeiten vergangen, ist ein Lied fertig. Eines heißt zum Beispiel „Ballade des äußeren Lebens“. Das habe ich Paul schließlich vorgespielt, als ich mal bei ihm war, einen USB-Stick mit meinen Sachen drauf hatte ich nämlich schon dabei. Ich hatte noch nie jemanden einen meiner Songs hören lassen und wurde irgendwie das Gefühl nicht los, es wäre vielleicht gut, wenn jemand anders mir dazu etwas sagen könnte, wie er das findet oder so, keine Ahnung. Die erste Strophe lautete:

> Und Kinder wachsen auf mit tiefen Augen
> die von nichts wissen, wachsen auf und sterben
> und alle Menschen gehen ihre Wege.

Die Melodie umfasste nur drei Töne, die ich wie gesagt sehr hoch gesungen hatte, in Kopfstimme. Dazu hörte man Grillen zirpen und eine Lärche rufen. „Krasser Scheiß“, sagte Paul und lachte unsicher. „Hast du dir extra für den

Song die Eier gequetscht?“ Ich hätte am liebsten gleich wieder ausgemacht, hielt aber durch bis zum Schluss:

> Und dennoch sagt der viel, der „Abend“ sagt,
> ein Wort, daraus Tiefsinn und Trauer rinnt
> wie schwerer Honig aus den hohlen Waben.

In diesen letzten Zeilen sank die Melodie ab bis aufs tiefe E bei „Waben“, das nur noch gehaucht klang, weil ich nicht so tief runterkomme. Dann klickte ich auf Stopp, schloss das Programm und den Ordner, meldete meinen Stick ordnungsgemäß ab und fuhr den Rechner runter, was eigentlich ziemlich daneben war, weil es ja Pauls Teil war. Aber ich musste unbedingt jetzt gleich irgendetwas tun, beschäftigt sein. Die Situation war mir irgendwie sehr unangenehm und es fiel mir schwer, mich zu Paul umzudrehen. Ich wusste nicht, was ich sagen sollte. Er wohl auch nicht. Denn er saß etwas verkrampft und unbequem auf seinem Bett mit seinen kurzen Beinen und sah mich nicht an, fummelte an seinem Handy herum. Schließlich war mir diese Schweigerei doch zu blöd. „Ziemlich kranker Scheiß, was?“ sagte ich, damit er es nicht mehr sagen musste. Da sah er auf und meinte: „Nein. Ich fand das ziemlich geil. Geil und traurig. Sehr traurig. Ist der Text von dir?“

„Ne“, sagte ich. „So könnte ich nie im Leben schreiben. Ist Hugo von Hofmannsthal.“

„Kenn ich“, sagte Paul.“

Das haute mich jetzt echt um. Ich hatte bisher noch niemanden getroffen, der sich für Lyrik interessiert.

„Woher denn?“

„Musste ein Referat über ihn halten. Wusstest du, dass er aus einer jüdischen Familie stammte und trotzdem antisemitische Sachen schrieb? Und den Ersten Weltkrieg fand er ganz großartig, nachdem sie ihn ausgemustert und wieder heimgeschickt hatten. Und so einen findest du gut?"

„Echt jetzt?", sagte ich und wusste nicht weiter. Es machte mich fertig, dass einer, der so schöne Gedichte schreiben konnte, sich auf einmal als Antisemit und Kriegstreiber entpuppte.

„Weißt du, wie er gestorben ist? Sein Sohn hatte sich erschossen. Als er zur Beerdigung gehen wollte, traf ihn der Schlag, er fiel um und war tot."

„Echt?", sagte ich wieder. „Krasser Scheiß". Mehr fiel mir nicht ein. „Ja, voll, oder?", sagte Paul.

Seither treffen wir uns manchmal und spielen einander unsere Sachen vor. Ich ertrage seine und er erträgt meine. Vielleicht kann man gar nicht viel mehr verlangen von einem Freund. Ich kenn mich da ja noch nicht so aus. Aber jemanden haben, dessen Zeug man ertragen kann und der dein Zeug erträgt – vielleicht ist das schon das ganz große Glück? Jedenfalls klappt das mit Paul eigentlich ganz gut, auch wenn wir uns gar nicht so oft treffen. Also die letzten Monate gar nicht mehr. Wegen Corona. Scheiß Dreckspandemie! Oder bloß ein paarmal über WhatsApp. Dann reden wir über Musik. Oder über Filme. Sogar über Bücher. Letztes Jahr haben wir in Deutsch zum Beispiel „Bahnwärter Thiel" gelesen. Gar nicht so schlecht eigentlich. Sex and Crime und Mord und Totschlag. Da haben wir uns echt die Köpfe heiß geredet drüber. Paul meinte, es geht darin um Wut, und ich meinte, es geht um Traurigkeit. Aber klar, es geht um beides. Und während wir über das Buch sprachen, sprachen wir eigentlich über uns. Und verstanden uns dabei ganz gut. Ich glaube, das ist, weil ich auch seine Wut kenne. Und er auch meine Traurigkeit kennt. Und weil wir uns dafür nicht mehr voreinander schämen. Dabei sind wir eigentlich gar nicht so. Er ist nicht immer wütend und ich bin nicht immer traurig. Im Gegenteil. Ich kann sogar ziemlich lustig sein. Das merkt nur meistens keine alte Sau. Oder umgekehrt. Das gibt´s auch. Ich sage oder mache irgendetwas ganz Normales, für mich jedenfalls, und die anderen in der Schule finden das krass komisch und pissen sich vor Lachen in der Hose. Und ich frage mich, was sie so lustig finden.

Aber wieso bist du traurig?
Wegen meinem Alten.
Deinem Vater.
Scheiße, ja.
Was ist mit ihm?
Ist weg.
Wohin?
Knast.
Wieso?
Hat was gemacht.
Was?
Im Krieg. Kosovo.
Was hat er gemacht?
Was geht´s dich an?
Vermutlich nichts. Aber es gehört zu deiner Geschichte.
Meine Geschichte? Genau. Meine Geschichte. Das ist

meine Geschichte. Und ich entscheide, was rein kommt und was draußen bleibt. Und das bleibt draußen, verfluchte Scheiße. Kapiert?

Ja, alles gut, Ajnur. Kapiert. Ich hab's ja kapiert. Reg dich ab!

Nein, nichts ist gut, Alter. Was willst du überhaupt von mir? Du redest mit mir wie der gute Onkel mit dem dummen Kind. Aber ich bin kein Kind mehr. Weil ich nämlich vor acht Wochen achtzehn geworden bin. Hab aber nicht gefeiert. Lag im Koma. Andere saufen sich da mit teurem Schnaps rein, wenn sie achtzehn werden. Musste ich gar nicht mehr. Ich war schon drin. Voll praktisch.

Und zweitens?

Hä?

Wenn du einen Satz mit „erstens" beginnst, sollte der nächste mit „zweitens" anfangen.

Ja, genau. Genau das meine ich. Hör gefälligst auf, mich dauernd zu verbessern, du blöder Arsch von einem Deutschlehrer! Ich erzähle dir, was ich will, und ich erzähle es, wie ich will. Was du hinterher draus machst, ist dein Bier. Aber hör auf, mir Vorschriften zu machen, was ich wie erzählen soll. Das ist Gehirnfick. Mach das doch mit deinen Schülern, wenn du hier irgendwann wieder rauskommst.

Also erstens mache ich keinen Gehirnfick. Und ich verbiete dir, so mit mir zu reden. Und wenn dir das nicht passt, dann behalte deine Geschichte doch einfach für dich! Ich bin Deutschlehrer geworden, weil ich Kindern beibringen wollte, wie sie ihre Welt in Worte fassen können.

Bleib mir doch fort, Alter! Du sollst mir nichts beibringen. Du sollst mir zuhören.

Hm. Ist manchmal nicht so leicht.

Hab ich auch nicht behauptet. Und zweitens?

Hä?

Wer einen Satz mit „erstens“ anfängt, der muss auch …

Jaja, ist ja schon gut. Zweitens geh ich da nicht mehr hin.

Wohin?

In die Schule.

Wieso? Weil Herr Drübersteher nicht im Sitzen unterrichten kann? Oder ist dein Laden nicht rollstuhlgerecht?

Damit bin ich fertig.

Mit was?

Lehrer sein. Drüberstehen. Anderen etwas beibringen und sie bewerten. Ich kann das nicht mehr.

Wieso? Verstehe ich nicht. Ist doch eigentlich ein guter Beruf.

Ja. Eigentlich. Aber ich kann das nicht mehr.

Und deswegen willst du jetzt meine Geschichte aufschreiben? Wirst du jetzt Schriftsteller oder sowas?

Vielleicht. Aber darum geht es hier nicht.

Wieso?

Weil ich deine Geschichte erzählen will, nicht meine.

Wieso?

Weil sie gut ist. Deine.

Soll ich dir mal was sagen, Alter? Du lügst. Du erzählst meine Geschichte doch bloß, damit du deine eigene nicht erzählen musst.

Track 2

Du warst ganz schön wütend gestern, was?

Ja, tut mir echt leid, Digga. Manchmal kommt das so über mich. So eine Wut. So eine elende Stinkwut! Ich weiß gar nicht, wie alt ich war, als ich zum ersten Mal diese Wut in mir spürte.

Worüber?

Über die Lüge.

Welche Lüge?

Welche Lüge, fragst du? Die Lüge, dass die Salami auf unserem Tisch zum Abendbrot die beste weit und breit ist. Diese und nur diese. Die beste weit und breit. Von irgendeinem Metzger aus der Heimat gekauft. Welche Heimat denn? Das weiß kein Mensch. Aber scheißegal. Wir hatten den besten Salami. Was für eine gequirlte Hühnerkacke. **O glücklich! Wer noch hoffen kann, aus diesem Meer des Irrtums aufzutauchen.**

Weshalb ärgerte dich das so? Was soll an einer Salami schlimm sein?

Weshalb mich das so geärgert hat, fragst du? Damals wusste ich es auch nicht. Ich hatte einfach dieses flaue Gefühl tief in mir drin, irgendwie so, wie wenn es stinkt wie Sau und du findest einfach nicht raus, wo der Gestank herkommt. Damals war mein Alter noch bei uns. Beim Abendessen am Sonntag, nach der Sportschau, saß er da, schnitt mit SEINEM Messer, das sonst niemand benutzen durfte, die Salami in feine Scheiben, und jedes Mal, echt jedes Mal begann dann der unvermeidliche Lobgesang auf die Salami. Früher hat es mich immer richtig froh gemacht, Kind einer Familie zu sein, die die gute Salami hat, den hochfeinen Käse, den hervorragend geräucherten Schinken. Wir gehören nicht zu denen, die keine Ahnung haben, was gut ist. Die blöd genug sind, sich die normale, die weniger gute Massenware aufschwatzen zu lassen. Wir wissen, wo es das Gute gibt. Wir wissen Bescheid im Leben und deshalb haben wir es gut und werden es immer gut haben. Meine Fresse, ich dachte echt, wir gehören zu den Guten, und deshalb haben wir es auch so gut. **Fluch sei der Hoffnung! Fluch dem Glauben, und Fluch vor allem der Geduld!**

Aber irgendwann war ich alt genug, um zu checken: das ist alles Fake. Zu Anfang fühlte sich das an, wie wenn die Geigen in einem kitschigen Liebeslied immer wieder danebenhauen, eine Reihe falscher Töne, die immer wieder kommen. Dann war es ein Unbehagen, das sichere Gefühl, da stimmt was nicht. Ein Softwarefehler in der Wirklichkeit. Die Erkenntnis: dein ganzes Leben ist ein einziger riesengroßer Beschiss. Weißt du, so wie wenn du Radio hörst, einen echt guten Song, aber dann fängt es an zu rauschen und zu kratzen und das Rauschen und Kratzen wird immer lauter und irgendwann machst du dem schönen Song aus, weil dir sonst der Schädel platzt. Oder wie in diesem Film, wo eine Menge Astronauten zu einer fernen Galaxie reisen und alle sind für die hundert Jahre lange Reise tiefgekühlt wie Dornröschen, bloß einer wacht irgendwie versehentlich auf und stellt fest, dass da was nicht stimmt und dass er für den Rest seines Lebens im falschen Film ist und allein durch das Weltall düst.

Und du bist der, der aufgewacht ist?

Keine Ahnung, aber irgendwann widersprach die beste Salami einfach zu krass meiner täglichen Erfahrung. Wenn ich abends im Bett die Stimmen meiner Eltern aus dem Wohnzimmer hörte, die immer lauter wurden, beide immer wütender und immer verzweifelter, bis schließlich die Wohnungstür zuschlug und die plötzliche Stille noch schlimmer war als das Geschrei vorher, weil ich darin auf das unterdrückte Weinen meiner Mutter horchte, dann wusste ich: etwas stimmt nicht. Da stimmt irgendetwas überhaupt nicht, verfluchte Scheiße! Nicht nur das Beste, auch das ganz bescheidene Gute widersprach zu häufig dem Leben, den ich kannte.

Dann habe ich irgendwann dieses Buch gelesen: „Tod eines Handlungsreisenden". Und da wurde mir klar: Lüge. Es war alles gelogen. Dass wir Bescheid wissen im Leben und deshalb die bessere Salami essen, das war eine Lüge, die mein Vater allabendlich wiederholte, bevor er sich vor der Glotze volllaufen ließ und aus den Ritzen zwischen den Sofapolstern das Unglück quoll. **Es will kein Hund so länger leben.**

Und was hat das mit Arthur Millers Drama zu tun?

Naja, weil dieser Willy Loman nicht einsehen kann, dass er ein Loser ist, und dass er niemals reich und erfolgreich sein wird. Und seinen Söhnen hat er das auch eingeimpft und deswegen kommt keiner von ihnen mit seinem Leben klar. Weil alle sich vorlügen, sie seien die, die wissen, wie das Leben geht. Die auf der Überholspur. Die mit der guten Salami. Willys Lieblingsgeschichte, die er immer wieder erzählt, ist die von zwei Mäusen, die in den Rahmtopf fallen. Die eine geht unter und ersäuft, die andere strampelt so lange, bis der Rahm zu Butter wird. Und so strampelt die ganze Familie immer weiter und merkt nicht, dass der Rahm längst verdorben ist.

Das ist nicht aus dem „Tod eines Handlungsreisenden".

Echt nicht? Passt aber voll rein.

Stimmt. Ist aber aus einem Film: „Catch me if you can". Mit Leonardo di Caprio.

Egal. Willy denkt, er muss einfach nur immer weiterstrampeln, dann wird die Milch zu Butter, und er kann aus dem Scheißtopf klettern und hat wieder ein megatolles Leben. Aber die Sahne wird nicht zu Butter. Die wird höchstens sauer. Und Willy ersäuft.

Und du?

Ich habe aufgehört zu strampeln. Hast du schon mal einen Querschnittsgelähmten strampeln gesehen? Ich will gar nicht auf die Überholspur. Ich spiele da nicht mehr mit. Mir steht dieses Getue bis obenhin. Diese ganze verlogene Instagramscheiße: Schaut mal, wie schön und hip und cool ich bin und was ich für ein tollen Leben habe. Das ist doch alles gelogen. Auch die fetten Karren, die BMW´s und Porsches und Mercedese stinken von innen nach Unglück. Und an den Traumstränden auf den Malediven und in Holonulli liegen lauter arme kleine Würstchen rum, die abends in ihr Kissen heulen, weil niemand sie liebhat. So sieht´s aus, Digga, und nicht anders. Nur gestehen sich´s die meisten nicht ein.

Und du?

Was soll das? Hängt deine Platte, Alter? Und du und du und du. Ich bin genauso ein armes kleines Würstchen. Aber ich muss wenigstens nicht in mein Kissen flennen, weil mich keiner liebhat. Und das, obwohl ich so ein schräger

Vogel bin. Erst recht jetzt. Behindert. Haben die schon vorher zu mir gesagt. Hätte es die Querschnittslähmung gar nicht gebraucht. Hätte sich der gute Nobbi nicht so anstrengen müssen. Ein schräges Leben für einen schrägen Vogel. Aber es ist meines. Und ich will, dass es das bleibt und nicht so wird, wie die es haben wollen. Auch schräge Vögel können fliegen.

*Wer sind **die**? Und wer ist Nobbi?*

Keine Ahnung. All die Arschgeigen, die damit Geld verdienen, dass die Masse sich die Hucke volllügen lässt. **Betrug war alles, Lug und Schein.** Und zu Nobbi kommen wir später.

Hey Ajnur, wo gehst du hin? Du hast mir doch noch gar nichts von deiner Reise erzählt.

Morgen, Alter. Ich habe keinen Bock mehr.

Track 3

Wie war das denn jetzt mit deinem Urlaub?

Naja, die Sache war klar. Entweder gebe ich zu, dass ich die ganze Zeit gelogen habe. Aber das wollte ich nicht. Meine Mom machte sich ja sowieso totale Sorgen, ich könnte einsam sein. Und unglücklich.

Warst du das denn nicht?

So mittel, würde ich sagen. Eine Sechs auf der Unglücksskala von eins bis zehn. Nicht so schlimm. Unter vier kommt doch sowieso keiner. Meine Mutter vielleicht. Wenn sie sich nicht so viele Sorgen um mich machen würde. Als mein Vater noch da war, lag sie bei acht oder neun. Der hat ihr das Leben echt zur Hölle gemacht mit seiner Sauferei. Aber seit er weg ist, geht´s uns beiden total gut miteinander. Sie hat ihre Arbeit. Und sie hat mich. Nicht, dass ich der Traumsohn wäre. Aber wir verstehen uns gut und sie lebt, glaube ich, ganz gerne mit mir zusammen.

Oder?

Hä? Was, oder?

Naja. Du sagtest, entweder du gibst deiner Mutter gegenüber zu, dass du keine Freunde hast. Oder? Nach „entweder" muss irgendwann ein ...

Ja, ist schon gut, Alter! Willst du mir schon wieder Deutsch beibringen oder was? **Der Casus macht mich lachen.**

Nein. Ich finde ja, dass du ziemlich gut Deutsch sprichst für jemanden, der erst seit vier Jahren in Deutschland lebt. Wie hast du das gemacht?

Meine Oma hat mir geholfen. Die war Deutschlehrerin an der Uni in Prishtina. Sie hat schon ein Jahr vor unserer

Flucht angefangen, mir Deutsch beizubringen. Hat mir Lieder vorgesungen.

„Hänschen klein ging allein
in die weite Welt hinein.
Stock und Hut stehn ihm gut,
ist gar wohlgemut.
Aber Mutter weinet sehr,
hat ja nun kein Hänschen mehr.
Da besinnt sich das Kind,
eilt nach Haus geschwind.“

Und dann sollte ich lesen. Jeden Tag zwei Stunden. Und als wir dann in Deutschland waren, ging das weiter. Bloß konnte sie nicht viele Bücher mitnehmen. Wir mussten ja ratzfatz von heute auf morgen verschwinden, weil die alten UCK-Kämpfer rausbekommen haben, was mein Alter gemacht hat. Dann kam eine Warnung, dass sie die ganze Familie plattmachen. Dann brannte nachts vor dem Haus unser Auto. In derselben Nacht begann meine Oma ihre Bücher einzupacken. Aber sie nahm nur die, die ihr am wichtigsten waren: Goethe, Heine, Büchner, ein paar Gedichtbände. Und daraus sollte ich dann Deutsch lernen. In der Achten musste ich mit meiner Oma zusammen nach der Schule den Faust mit verteilten Rollen lesen. Stell dir das mal vor, da sagt so eine vierzehnjährige Pickelvisage zu seiner Oma:

„Mein schönes Fräulein, darf ich wagen,
meinen Arm und Geleit ihr anzutragen?“

Voll peinlich, Alter. Und sie antwortete:

„Bin weder Fräulein weder schön,

kann ungeleitet nach Hause gehen."

Und dabei lachte sie sich schlapp. Eigentlich war das ein beschissener Menschenversuch: Goethe goes Balkan. Und da kommt dann eben so ein Freak raus wie mir. **Des Chaos wunderlicher Sohn.** Wahrscheinlich hatte sie deswegen ein schlechtes Gewissen, meine Oma. Weil ihr das gedämmert ist, was sie da bei mir angerichtet hat, so rein sprachlich gesehen. Bestimmt hat sie mir deswegen die fünfhundert Euro gegeben und gehofft, dass es damit irgendwie schon werden wird mit der Peergroup.

Also hast du deine Mutter wieder angelogen und behauptet, du fährst mit deinen Freunden in Urlaub. Mit Freunden, die es in Wahrheit gar nicht gab.

Ja, Mann. Es blieb mir doch gar nichts anderes übrig. Ich wollte ja auch meine Oma nicht enttäuschen. Deshalb musste ich doch so tun, als würde ich mich total freuen und mich immer wieder mit den anderen treffen, um die Reise vorzubereiten. Kaufte mir sogar so einen Bikeline-Reiseführer, der einen Radweg bis an die Ostsee beschrieb. Und ließ ihn immer schön überall rumliegen. Heringsdorf hieß der Zielort. Das klang gut, fand ich. Also sagte ich meiner Mutter: „Wir fahren an die Ostsee, nach Heringsdorf".

„Was, so weit! Und wie lange seid ihr unterwegs?"

„Weiß nicht. So drei Wochen vielleicht."

„Scheiße Alter, drei Wochen!", dachte ich, „was fasel ich denn da! Was soll ich denn drei Wochen alleine auf dem Fahrrad anfangen!" Aber es war schon zu spät.

„Na, hoffentlich habt ihr dann auch noch ein bisschen Zeit für Strandurlaub. Du musst mir jedenfalls unbedingt

eine Karte schreiben“, sagte sie. „Und viele Fotos machen.“
Ich sah große Probleme auf mich zukommen.

Track 4

An einem Samstagmorgen fuhr ich los. Die Leute fahren immer samstags in Urlaub. Also dachte ich, ich muss das auch so machen. Oder besser: wir. Meine Freunde und ich. Meine Clique. Erstunken und erlogen. Ich fühlte mich beschissen: Jetzt fing auch ich an, den anderen etwas vom schönen Leben vorzulügen. Bloß war ich noch schlimmer als die ganzen Instagram-Zombies. Die bescheißen irgendwelche unbekannten Leute im Internet, die sie meistens gar nicht kennen, damit sie möglichst viele Follower und Likes kriegen. Und ich? Ich beschiss meine eigene Mutter. Und meine Oma. Ich meine, so etwas macht man einfach nicht. Aber es ging nicht anders, sonst hätte ich das Geld zurückgeben müssen und zugeben, dass ich niemanden habe außer ihr und Oma. Das wollte ich den beiden echt nicht antun.

Als ich aufwachte, ich hatte mein Handy auf sieben Uhr gestellt, weil wir früh losfahren wollten, schiffte es wie aus Kübeln. Am liebsten wäre ich liegengeblieben. Aber das ging nicht. Wir hatten das ja schon lange ausgemacht, meine Freunde und ich. Mir war nicht klar, dass Lügen so anstrengend ist. Also fuhr ich um halb neun in einem knallgrünen Regenponcho, in dem ich aussah wie ein Vollidiot, wie so ein Waldgnom, auf einem vollgepackten Rad durch den Berufsverkehr. Die Autos rauschten an mir vorbei, ein Bus fuhr durch eine Pfütze, die Dreckbrühe spritzte mir bis im Gesicht.

Habe ich schon gesagt, dass ich Autos hasse? Auch so etwas, was mich zum Freak macht. Die meisten Jungs in meiner Klasse stehen auf Autos. Es kann sein, dass du gerade mit den anderen an einer Ampel stehst und etwas erzählst – also ich natürlich eher nicht, ich erzähle nur sehr selten etwas - und irgendeiner schreit plötzlich dazwischen: „Alter, ein X6!“. Und dann geht´s los: „X6 ist doch voll Scheiße!“ – „Mein Onkel hat nen X7, das ist ne geile Karre, Alter.“ – „X7 – was willste denn mit der Gehhilfe, Digga! Das ist höchstens was für Rentner.“ Und so geht das dann ohne Ende. Sie reißen sich die Masken vom Gesicht, weil die sie beim Plärren behindern, und weil einem SUV-Fahrer ja sowieso alles, was mit Vorsicht und Vernunft und Rücksicht zu tun hat, per Definition scheißegal sein muss. Alle wollen sie das dickste, beste, schnellste, geilste Auto fahren. Das ist es offensichtlich, worum es im Leben geht. Gott, wie mich das ankotzt. Und das Klima geht ihnen voll am Arsch vorbei. Aber allen. A-L-L-E-N. Das hältst du nicht aus, Alter. Als gäbe es keine Klimakatastrophe. Als könnten sie in ihrem beschissenen BMW durch den Klimawandel cruisen wie die Besatzung der Enterprise durchs Weltall. **Der Menschheit ganzer Jammer fasst mich an**. Die denken alle, wir können einfach so weitermachen wie bisher und weil sie reich sind und in Deutschland wohnen und in ihrer Villa schon zum Frühstück ihre supergesunden Smoothies saufen und Mami ein fettes SUV fährt, kann ihnen nichts passieren. Ich verstehe echt nicht, wie die alle ticken. Echt, ich kann da nicht dazugehören. Nie im Leben werde ich ein Auto haben. Und ich werde auch nie nach Malle fliegen und auch nicht nach Neuseeland oder Holonulli. Man muss doch irgendwie versuchen, ein anständiger Kerl zu sein, oder? Da kann ich mich doch nicht mitschuldig machen daran, dass es immer mehr Dürren und

Überschwemmungen gibt und meine Kinder, wenn ich irgendwann welche haben sollte, mit einem total versauten Planeten klarkommen müssen. Echt jetzt. Deswegen saß ich jetzt nicht trocken und warm in einem der Autos, die an mir vorbeifuhren, sondern auf meinem Fahrrad und wurde von diesen Dreckskarren nassgespritzt.

Auf meinem Regenponcho sammelte sich zwischen meinen Beinen das Wasser zu einem See, der immer schwerer wurde. Als ich von unten gegen den Stoff drückte, ergoss sich der See über meine Hose und meine Schuhe. Super. Jetzt sah es aus, als hätte ich volle Kanne in die Hose gepisst. Ich hatte echt jetzt schon so viel Spaß, ich hätte nur noch die bekackten fünfhundert Euro in den Gulli werfen müssen, und schon wären die Bedingungen von meine Oma erfüllt gewesen und ich hätte umdrehen und mich wieder in mein warmen Bett legen können. **Ach, wenn ich nur alleine schliefe!** Aber da war ja noch meine Mutter und ihr tränenfeuchtes Lächeln beim Abschied am Abend vorher, weil sie morgens schon so bald zur Frühschicht musste und nicht wollte, dass ich mit ihr zusammen aufstand: „Hab eine gute Reise, mein Liebling“, hatte sie gesagt, „und viele gute Begegnungen!“

Also fuhr ich weiter zu unserem Treffpunkt am Marienberg, also besser gesagt: zu meinem Treffpunkt mit niemandem, und dachte dabei an das Lied von meiner Oma: „Aber Mutter weinet sehr, hat ja nun kein Hänschen mehr.“ Passte gut, der Song. Ich war Hänschen klein und fuhr allein in die weite Welt hinein. Denn am Marienberg wartete ja keine alte Sau auf mich. Ab jetzt war ich alleine mit meinem alten Fahrrad und schlappen tausend Kilometern bis Heringsdorf. Die Kapuze rutschte mir ins Gesicht. Ich musste sie mit einer Hand oben am Kopf festhalten, sonst sah ich nichts. So, mit einer Hand am Lenker, würde ich nicht bis Heringsdorf kommen. Irgendwann sollte es also mal aufhören zu schiffen. Dann könnte ich dieses giftgrüne Ganzkörperkondom endlich ausziehen. Im Moment sah die Welt allerdings so aus, als würde es die drei Wochen bis Heringsdorf kein einziger Sonnenstrahl durch dieses allumfassende nasse Grau schaffen. Die wichtigere Frage, die mir die ganze Zeit im Kopf herumschwirrte, war aber: Was zum Geier sollte ich in Heringsdorf? Eintausend Kilometer nur, um meiner Mutter eine Ansichtskarte zu schicken, ein paar alte Muscheln zu sammeln und Fotos zu machen? Heilige Scheiße! Aber eigentlich, dachte ich, während ich im dichten Verkehr einem Laster auswich, der auf dem Fahrradweg stand, eigentlich machen das ja alle in den Ferien: fahren irgendwohin, schreiben Karten, machen Fotos und fahren wieder heim. Und haben eigentlich überhaupt keinen Spaß dabei. Und wenn sie einer fragt, was der Sinn der Reise ist, dann schauen sie nur blöd aus der Wäsche. Und damit keiner sieht, dass sie so blöd aus der Wäsche schauen, tragen sie alle diese superfetten Sonnenbrillen von Ray Ban. Diese Erkenntnis fand ich irgendwie erbaulich. Also schob ich die Kapuze nach hinten, ließ mir den Kopf waschen und kurbelte durch den Verkehr Richtung Norden. **Flieh! Auf! Hinaus ins weite Land!**

Im Lauf dieses ersten Tages verfuhr ich mich geschätzte dreißigtausendmal, flickte umständlich einen Platten, wurde von einer Wespe gestochen und schaffte es schließlich bis zu einem Parkplatz bei Velden. Irgendwann, es muss bei

Happurg gewesen sein, war ich auf einer Brücke über die Pegnitz gefahren und hatte ein Schild gesehen: „Pegnitztalradweg“.

Die Pegnitz kam aus Bayreuth, das wusste ich. Der Weg sah gut aus. Also vertraute ich mich dem Wegweiser an. Das bedeutete immerhin, dass ich nicht mehr ständig anhalten und nach irgendwelchen Hinweisen suchen musste, die es nicht gab. Und außerdem war die Gegend echt richtig schön. Es pisste zwar immer noch, aber dafür war auch keine alte Sau unterwegs und ich hatte den Fluss links und die Felsen rechts und den Gesang der Vögel ganz für mich alleine. Ich war der einzige Mensch, der sich in dieses schöne Tal an diesen schönen Fluss bewegte. Obwohl ich patschnass war und ein wenig fror, fand ich es eigentlich ganz cool, alleine durch dieses Rauschen zu fahren. Die Welt war sehr friedlich hier. Ich hatte nur nicht gedacht, dass der Weg so glitschig werden könnte. An einer Wegbiegung zog es mir einfach das Vorderrad weg. Zum Glück landete ich nicht im Fluss, sondern in einem Gebüsch. Mühsam arbeitete ich mich zwischen den patschnassen Ästen und Blättern heraus. An meinem Fahrrad war nur das Schutzblech verbogen. Ich richtete es, suchte meine Taschen zusammen, die sich im Gestrüpp verteilt hatten, stieg auf und fuhr schnell weiter, scheißfroh, dass keiner meinem lächerlichem Sturz gesehen hatte. Blöd war bloß, dass ich jetzt endgültig aussah wie ein Schwein: die Hose war voller Matsch und es kam mir vor, als hätte ich mich damit auch äußerlich für alle Zeiten von der Zivilisation verabschiedet.

In Velden stand auf einem Wohnmobilstellplatz eine Bank direkt am Flussufer. Es hatte endlich aufgehört zu regnen.

Ich setzte mich und packte die Brote aus, die ich mitgenommen hatte. Von den Büschen fielen dicke Tropfen in den Fluss. Das gab sehr hübsche Töne und einen voll krassen Rhythmus. Ich zog mein Handy raus, um das aufzunehmen. Vor mir saß eine Amsel im nassen Gras und sang dazu. Als eine Elster dazwischen plärrte, schwieg sie beleidigt für einen Moment und nahm dann ihr Lied wieder auf. In diesem Moment kam zum ersten Mal an diesem Tag die Sonne zwischen den Wolken hervor. Ich hob ihr mein Gesicht entgegen und schloss die Augen: **den Himmel über mir und unter mir die Wellen.**

Aus einem der Wohnmobile kam eine ältere, etwas dickliche Frau in einem schwarzen Badeanzug, schlappte in ihren Flipflops an mir vorbei zur Uferböschung, streifte sie ab und tastete sich vorsichtig hinab ins Wasser. Als die Strömung ihre Oberschenkel umspielte, drehte sie sich kurz zu mir um, lächelte mich an, beugte sich nach vorne und ließ sich einfach in die Strömung gleiten, die sie sofort ergriff und davontrug. Ich überlegte, ob das gefährlich sei, ob ich sie vielleicht gar retten müsste, weil irgendwie war die unglaublich alt, diese Frau, mindestens sechzig oder so, und vielleicht kamen ja hinter Velden irgendwelche gefährlichen Stromschnellen, wo sie sich an einem großen Stein den Kopf aufschlagen und als Wasserleiche im Ufermatsch enden könnte, aber dazu hätte ich mich ja selbst ins sicher eiskalte Wasser stürzen und gegen die Strömung ankämpfen müssen. So kaute ich weiter auf meinem Brot herum. Nach einer Weile kam die Frau im Badeanzug und barfuß auf der Straße von der Ortsmitte her. Unter dem Arm hatte sie ein Baguette. Sie hatte sich wohl einfach von der Strömung zum Einkaufen ins Dorf tragen lassen.

Dies also ist des Pudels Kern, dachte ich: Nicht dagegen ankämpfen, sondern sich einfach davontragen lassen. Und einen Scheiß darauf geben, was die anderen denken. Mit diesem erbaulichen Gedanken schlief ich ein und wachte erst auf, als mir Regentropfen aufs Gesicht fielen.

Es war sieben Uhr abends und mir tat alles weh. Ich war so fertig, dass ich unmöglich weiterfahren konnte. Irgendwie schaffte ich es, hinter dem Wohnmobil das Zelt aufzubauen und meine Fahrradtaschen und Plastiktüten darin zu verstauen. Ich dachte zwar, dass das hier bestimmt verboten ist, das Zelten, meine ich, aber ich hatte echt keinen Bock mehr, weiterzufahren. Also schob ich das bepackte Rad hinter das Wohnmobil der Schwimmerin, damit es so aussah, als gehörte ich zu denen. Leute mit einem Wohnmobil werden nicht so schnell angeschissen und verjagt wie minderjährige Fahrradfahrer, was ich zwar an sich zum Kotzen finde, aber man kann sich ja die Ungerechtigkeit der Welt als ihr ständiges Opfer zwischendurch auch einmal zunutze machen. Ich hätte die Schwimmerin natürlich auch fragen können, ob das für sie ok ist, aber dazu hätte ich an ihre Tür klopfen müssen, und das wollte ich nicht, weil ich aussah wie ein alte Sau.

Bei Aldi hatte ich mir Zigarettentabak und Papers gekauft. Ich fand, das war ein sehr guter Zeitpunkt in meinem Leben, um mit dem Rauchen anzufangen. Also setzte ich mich vor mein Zelt und begann zu drehen. Nach zehn Versuchen hatte ich etwas fabriziert, was wie eine fette weiße Raupe aussah. Es schmeckte auch so ähnlich. Ich rauchte tapfer zu ende. Danach hatte ich einen so beschissenen Geschmack im Mund, als hätte ich tatsächlich eine fette weiße Raupe geraucht. Ich versuchte, ihn mit Wasser runterzuspülen. Klappte nicht. Also drehte ich mir noch eine. Diesmal gelang es erst nach dem elften zerrissenen Papierchen. Scheinbar wirkte sich das Rauchen negativ auf meine Feinmotorik aus. Die zweite schmeckte auch nicht besser als die erste. Durchhalten, Ajnur! Am Ende war mir scheißschlecht und ich musste mich hinlegen. Dabei war es noch nicht einmal richtig dunkel.

Aber ich hatte dem ersten Tag überstanden.

Hast du dich nicht einsam gefühlt?

Nicht mehr als sonst. Eigentlich komme ich ganz gut mit mir selber klar. Und ich hatte ja genug zu tun. Tagsüber fuhr ich einfach nur Fahrrad. Wobei: Was heißt einfach. Ich hab mich ständig verfranzt, fuhr ja immer nach der Karte, die ich aus dem alten Autoatlas meines Vaters rausgerissen hatte. Irgendwie musste ich nach Zittau kommen. Da fing die Tour an, die in meinem Radreiseführer beschrieben wird. Aber in dieses beschissene Zittau zu kommen, war gar nicht so einfach. Die kürzeste Verbindung wäre mir zwar die liebste gewesen, aber das war die Autobahn. Also hatte ich mir von Googlemaps eine Strecke über Bayreuth, Hof, Zwickau, Dresden nach Zittau berechnen lassen und mir die Route als PDF ausgedruckt. Versuch mal, so deinen Weg zu finden. Besonders schlimm war es in Bayreuth. Ständig musste ich stehenbleiben und schauen, wusste aber gar nicht so recht, wonach ich schauen sollte. Ein Radschild zur Ostsee oder wenigstens nach Zittau gab´s halt nicht. Die Welt ist noch nicht reif für uns Radreisende. Schließlich stand ich in einer engen Altstadtgasse vor einem Schaufenster, hinter dem altmodische Stühle und Sessel kreuz und quer im Raum verteilt standen. „Tortenschmiede" stand auf einem Schild. Ich finde, man muss sich auch mal was gönnen als Low-Budget-Reisender. Außerdem wusste ich nicht weiter und hatte überhaupt keinen Bock mehr, weiterzusuchen.

Alle Tische waren besetzt mit einzelnen Menschen oder Pärchen oder Gruppen, aber alle sahen aus, als würden sie Astrophysik oder theoretische Mathematik studieren. Ganz hinten in einer Ecke sah ich ein kleines Tischchen mit einer Bank, die aus kleinen Paletten zusammengezimmert war. Da setzte ich mich hin und holte gleich mein Notizbuch und einen Stift raus, in der Hoffnung, dass ich dann auch wie ein Student aussah und nicht wie ein einsamer minderjähriger Schüler, der von absolut gar nichts einen Plan hat. Weder wo er hin soll, noch warum er dahin wollte, noch wozu er überhaupt irgendwohin wollte. Ich checkte ja nicht einmal, was man sich in so einem Laden zu trinken bestellt. Der Kaffee stammte, so stand es in der Speisekarte, oder wie heißt das in einem Café, aus einer kleinen Rösterei in der Nähe von Nürnberg. Cool, dachte ich, den nehme ich. Aber dann las ich Chai-Latte und dachte, das klingt viel studentischer als Kaffee. Und dazu eine hausgemachte Käsesahnetorte. Die machte meine Oma auch manchmal an Festtagen. Ich war also so weit. Aber niemand kam, um meine Bestellung aufzunehmen. Ich würde wohl in meiner patschnassen und verdreckten Jeans aufstehen, durch den ganzen Raum zu dem kleinen Tresen gehen und dort bei der blonden, jungen Frau, die aussah, als würde sie ihr Jurastudium mit Modelaufträgen in Paris und Mailand finanzieren, meine Wünsche aussprechen müssen. Das erschien mir nicht einfach. Gar nicht einfach. Ich befürchtete, meinen Satz nicht unfallfrei rauszukriegen, irgendein blöder Versprecher würde mich ganz bestimmt sofort wie den kleinen dummen Jungen aussehen lassen, der ich war. Aber dann sah sie plötzlich von der Tasse auf, an der sie sich gerade zu schaffen machte – sicher zeichnete sie mit Kakao den Eiffelturm oder so was in den Milchschaum. Sie sah also auf, ihr Blick ging einmal quer durchs Lokal und blieb an mir hängen. Alter, die hat mich ganz breit und freundlich angelächelt, irgendwie so, als freute sie sich, mich zu sehen.

„Hi", sagte sie über drei Tische hinweg, „was möchtest du denn gerne?"

Ich hätte ihr am liebsten gesagt, dass ich sie gerne heiraten möchte und mit ihr zusammen Jura studieren und nach Mailand fliegen. Aber stattdessen rief ich, viel zu laut durch den Raum: „Einen Chai-Latte bitte und ein Stück Käsesahnetorte!".

Für einen kurzen Moment sahen alle hoch und guckten mich neugierig an, dann nahmen sie ihre Gespräche wieder auf und alles lief weiter wie vorher. Und weil ich die Bestellung so fehlerfrei rausgebracht hatte und mich die Frau auch, als sie mit Tasse und Teller zu meinem Tisch kam, schon wieder so liebreizend anlächelte, traute ich mich, sie nach dem Weg zu fragen. „Mit dem Fahrrad bis nach Hof?", staunte sie. „Boah, Junge, du traust dich ja was. Am besten fährst du den Hohenzollernring entlang und dann weiter an der B2."

„Eigentlich fahre ich ja an die Ostsee", sagte ich.

„Wenn du möchtest, fahr doch einfach mit!" Nein, das hatte ich nur gedacht. Dann aß ich die Torte, die ganz anders schmeckte als die von meiner Oma, und trank den Chai-Latte, den ich auch gar nicht so schlecht fand. Und damit ich mich wie ein Literat im Caféhaus fühlen konnte, kritzelte ich noch irgendwelche zusammenhanglosen Sätze über meine Zukunft als Jurist in mein Notizbuch.

Ein paar Stunden später quälte ich mich eine lange Steigung hoch und wusste schon wieder nicht, ob das die richtige Straße war. Irgendwann dachte ich: Ne, das ist falsch. Ich dreh wieder um. Da hatte ich mich schon eine halbe Stunde lang den Berg hoch gequält. Ich habe also umgedreht und bin im Schuss bergab gedüst. Kilometerweit. Was für ein Spaß! Ich beugte mich tief über den Lenker wie beim Ironman in Roth, bei der Tour de France, bei der Abfahrt vom Mont Ventoux. Unten war ein Ort, der hieß Bad Berneck, eine knappe Stunde vorher war ich schon einmal da gewesen. Es gab einen Rewe. Ich nichts wie rein, Wasser kaufen. Ich war völlig ausgedörrt. An der Kasse fragte ich, wie man mit dem Fahrrad nach Hof käme.

„Mit dem Fahrrad? Keine Ahnung“, sagte die freundliche Dame an der Kasse hinter ihrer Maske, die sie unter der Nase trug, was immer ziemlich dumm aussieht, finde ich, warf mir das Wechselgeld hin und wandte sich dem neuen Kunden zu: „Hallo! Paybackkarte?“ Kurz blieb ich unschlüssig stehen und betrachtete das Tattoo an ihrem Hals: „Live your dreams“ mit einem Herzchen, in dem ein Pfeil steckte, und ich überlegte, ob mir ein passendes Zitat einfällt, da war aber gerade absolute Leere in meiner ausgetrockneten Birne, außerdem fürchtete ich, sie wüsste vielleicht nicht, wie es beim alten Goethe weiterging und würde beim ersten Versuch, sie als mein schönes Fräulein anzureden und ihr meinen Arm und mein Geleit anzubieten, die Polizei rufen. Also drehte ich verlegen grinsend ab. Draußen setzte ich mich in die Sonne und ließ das Mineralwasser in mich hineinlaufen. Da kam die Frau, die nach mir an der Kasse gewesen war, auf mich zu.

„Nach Hof willst du? Mit dem Fahrrad? Da kenne ich einen schönen Weg. Etwas anstrengend, aber wenn du den Berg geschafft hast, ist es kein Problem mehr. „Welchen Berg?“ Mir schwante Schlimmes. Und als sie mir den Weg erklärte, war klar: sie meinte den Berg, von dem ich gerade wieder abgefahren war. Als sie das Entsetzen in meinem Gesicht sah, ich hatte wohl auch das böse f-Wort benutzt, fragte sie entgeistert: „Ja, hast du denn keine Karte?“

„Nein“, erwiderte ich, **„ein guter Mensch in seinem dunklen Drange ist sich des rechten Weges wohl bewusst.“**

Sie sah mich mit großen Augen an und schien kurz zu überlegen, ob ich vielleicht ein gefährlicher Psychopath bin, fasste sich aber und schenkte mir schließlich eine Wanderkarte vom Fichtelgebirge, die sie im Handschuhfach hatte. So ausgerüstet machte ich mich an die zweite Bergetappe dieses Tages. **Es irrt der Mensch, so lang er strebt,** verfluchte Kacke.

Und da, als ich den verfickten Berg zum zweiten Mal hochfuhr, da habe ich mir einsam gefühlt. Sehr. Aber irgendwie schaffte ich es dann doch bis Zittau. Vierhundertfünfzig Kilometer. Ich hatte fünf Tage gebraucht und mein Arsch tat immer noch weh wie am ersten Tag. Immerhin hatte ab da die Sucherei ein Ende, denn hier beginnt der Oder-Neiße-Radweg und ich hatte ja meinen blauen

Radreiseführer, der mir „ein ganz besonderes Erlebnis für alle Sinne“ versprach. Das glaubte ich ihm sofort. Über sechshundert Kilometer lagen noch vor mir.

Mein Leben als Radfahrer hatte sich eingespielt. Weil ich jeden Abend völlig kaputt war und es überhaupt keinen Spaß machte, in der Dunkelheit alleine vor dem Zelt im nassen Gras zu sitzen und zu frieren, ging ich sehr früh schlafen. Deshalb stand ich auf, wenn es hell wurde, trank ein paar Tassen Instantkaffee und aß altes Brot dazu. Das war auch deshalb gut, weil ich so vor all den vollgefressenen Campern auf dem Klo war und ohne deren Geräusche und Gerüche in aller Ruhe kacken konnte. Dann das Zelt abbauen, alles einpacken, losfahren. Fahren. Fahren. Irgendwo, wo es mir gefällt, eine Pause machen. Ab und zu schlief ich dabei sogar ein, irgendwo, auf einer Parkbank oder am Waldrand. Wachte auf, weil ein Vogel in der Nähe rumbrüllte oder eine Spinne in meinem Nasenloch Zuflucht suchte. Weiterfahren. Fahren. Einen Platz für die Nacht suchen. Ankommen. Zelt aufbauen. Essen kochen – meistens Nudeln mit irgendwas. Und weil ich nicht schon um sieben Uhr abends schlafen gehen konnte, tat ich so, als würde ich Gedichte schreiben. Dazu rauchte ich. Die Gedichte fand ich meistens schlecht und vom Rauchen bekam ich immer noch einen Geschmack im Mund, als hätte mir ein Iltis in den Hals geschissen. Aber für der Kunst muss man Opfer bringen.

Manchmal gelang es mir, unterwegs zu singen.

Kapitel 2: Einer kommt schon klar irgendwie

Track 5

Du siehst müde aus, Ajnur. Was ist los?

Die Physiotante macht mich fertig. Echt jetzt. Die wirft meinen Rollstuhl um. Immer wieder. Und ich lieg am Boden wie ein geprellter Frosch und soll wieder reinkrabbeln. Echt jetzt. Ich komme mir vor wie ein Käfer auf dem Rücken. Genau wie bei Kafka. Alles tut mir weh. Schau, überall blaue Flecken. Ey, die Tussi hat echt ein Problem, Alter. Und dann das Ganze noch mit der Drecksmaske im Gesicht – ich kriege keine Luft da drunter. Ich will aber auch kein Scheißcorona kriegen.

Hör doch auf rumzuheulen wie ein kleines Mädchen! Glaubst du denn, mir geht´s besser? Manchmal gehst du mir echt sowas von auf die Nerven mit deinem ewigen Gequengel. Wir sind behindert, Mann. Begreif das doch endlich. Und entweder du quälst dich jetzt immer und immer wieder in diesen Drecksrollstuhl rein oder du bleibst auf dem Boden liegen für den Rest deines Lebens wie so ein Mistkäfer.

Ey, geht´s noch, Alter? Was ist denn mit dir heute los? Willst du mich fertig machen? Was habe ich dir denn getan? Das kotzt mich echt voll an, Alter. Pfui über dich!

Ja, ist ja schon gut. Entschuldige, Ajnur. Sei doch nicht so empfindlich! Weißt du, was mich wirklich ankotzt? Blasen- und Darmmanagement. Das war nämlich meine Vormittagsbeschäftigung heute. Während andere in meinem Alter sich aufmachen, irgendwelche Managerposten in ihrer Firma zu übernehmen, durch die Weltgeschichte fliegen, im weißen Hemd und im feinen Anzug wichtige Projekte managen, wo es um richtig viel Geld geht, rolle ich in Jogginghose und Adiletten zu einem Coach, der mir beibringt, wie ich meine Ausscheidungen manage.

Hm. Das stimmt. Das ist echt Kacke. Wie ein Baby jeden Tag darum zu kämpfen, dass die Unterhose sauber bleibt. **Was ist das für ein Marterort? Was heißt das für ein Leben führen.** Kriegst du das mit dem Katheter hin?

Klar, das ist echt nicht schwer. Aber der Darm macht mir Probleme. Dir nicht?

Naja, man muss halt aufpassen, was man isst. Und ich saufe nicht so viel wie du. Vielleicht solltest du das auch mal probieren.

Jetzt halt mir keine Vorträge. Erzähl mir lieber was Lustiges!

Was Lustiges? Ich soll dir was Lustiges erzählen? Echt jetzt? Hast du bisher den Eindruck, dass meine Geschichte eine heitere kleine Unterhaltungsgeschichte ist? Lustig war vielleicht, dass ich irgendwann, nach fünf Tagen oder so, tatsächlich in Zittau war. Zittau an der Neiße. Hier beginnt der Oder-Neiße-Radweg. Ab hier war ich einer der vielen Radfahrer, die entlang der Grenze zur Tschechei und zu Polen in Richtung Usedom fuhren. Es gab Wegweiser, ich hatte meinen Radführer und es gab gar nicht so wenig Menschen wie ich. Alleinige Menschen, meine ich. Ich musste mich für mein Alleinsein nicht mehr schämen. Scheinbar war das normal. Das war mir neu. Manche Fahrradfahrer grüßten mich unterwegs. Das fand ich gut. Fühlte sich irgendwie an, als gehörte ich zu einer Gemeinschaft: Die Comunity der Fahrradreisenden. Manche waren zu zweit, manche fuhren in Gruppen, und viele fuhren alleine. So wie ich. Wahrscheinlich auch Freaks. So wie ich. Vielleicht ist es ja ok, ein Freak zu sein und du kannst trotzdem ein guter Mensch werden und Geld verdienen und Freunde haben und all sowas.

Es gab Tage, da lief ich Gefahr, wirklich Spaß zu haben. Ich meine, Fahrradfahrer zu sein, erschien mir als die beste Lebensform, die ich bisher kennengelernt hatte. **Verstehst du, was für neue Lebenskraft mir dieser Wandel in der Öde schafft?**

In Görlitz stellte ich an der Altstadtbrücke mein Rad ab und stieg zur Peterskirche, weil ich die Stadt und den Fluss von oben sehen wollte. An einer Mauer hing ein Schild, da stand eine witzige Sage drauf, die auch von einem Freak handelte, der Gobius hieß und seinen Kopf unterm Arm festhielt, wenn er mit seiner schwarzen Kutsche durch die Stadt düste. Wundert mich nicht, bei dem Kopfsteinpflaster, ich dachte auch, mir haut´s die Rübe weg, als ich Richtung Altstadt holperte, um mir einen Kaffee zu kaufen und stilvoll eine zu rauchen. So saß ich zwischen all den anderen Touristen und kam mir vor wie Leonardo di Caprio in „The Revenant". Wirklich hart. Wirklich einsam.

Gegenüber war so ein halbrunder Türbogen, vor dem immer wieder Leute stehen blieben. Als ich mit Kaffee, Zigarette und hart aussehen fertig war, schob ich mein Rad rüber. Ein älteres Paar stand gerade davor. Er drückte seinen Kopf auf der einen Seite des Bogens gegen die Mauerrille und flüsterte etwas hinein und sie hielt ihr Ohr auf der anderen Seite an den Bogen, horchte. „Was?" fragte sie laut. Er flüsterte offenbar noch einmal. Da ging sie zu ihm rüber, tippte ihm mit dem Finger gegen die Brust und sagte: „Na du bist ja ein ganz Verwegener. Da bin ich ja mal gespannt.“ Ich hätte gerne gewusst, was er ihr geflüstert hatte, aber sie gingen weiter. Gerne hätte ich den akustischen Gag auch einmal ausprobiert. Aber mach das mal alleine! Wenn du kein Gobius bist, der kurz mal seinen Kopf auf der anderen Bogenseite mit dem Ohr an die Mauerrille ablegen kann, hast du keine Chance. So flüsterte ich nur gegen die Mauer: „Ich bin Ajnur“. Und auf der anderen Seite hörte keiner hin.

Als ich über das Kopfsteinpflaster zurück zur Neiße holperte, sah ich das ältere Paar wieder. Sie saßen auch auf bepackten Rädern.

„Einen bei dir haben, der hört, was du sagst, auch wenn du es ganz leise sagst“, sagte ich ganz leise. Aber keiner hörte es.

Am nächsten Morgen saß ich fröstelnd vor meinem Zelt und schaute auf die spiegelglatte Wasserfläche des Pools, in dem ich gleich nach dem Aufwachen geschwommen war. Die Karte hatte hier, in einem kleinen Ort namens Skerbersdorf, einen Zeltplatz versprochen, als ich aber gegen Abend ziemlich abgekämpft hier ankam, gab es da nur dieses Freibad. Der Bademeister war gerade am Zusammenpacken. Zu allem Überfluss hieß er Maik mit ai, wie ein Schild am Kassenhäuschen verriet. Ich hatte keine Vorurteile, wusste aber sicher, dass von einem Maik mit ai in Sachsen nichts Gutes zu erwarten war.

„Einen Zeltplatz suchst du? Gibt´s hier nicht.“

Neugierig musterte er mich und mein bepacktes Rad. Er stellte die Schubkarre ab, in der er den Abfall von der Liegewiese gesammelt hatte, und trat an den Zaun. Außer einer

Badehose hatte er nichts an. Er war sehr braungebrannt und muskulös. Was für ein Beruf, dachte ich.

„Wo kommst´n her?"

„Nürnberg."

„Kenn ich. Und wo willste hin?"

„Usedom."

„Kenn ich auch. Na, komm rein", sagte er, schloss die Gittertür auf, packte mein Fahrrad und schob es kurzerhand bis zu einem Baum, wo er es anlehnte. Kannst dein Zelt einfach auf die Wiese hier stellen. Da haste genug Platz. Um halb neun kommen die Frühschwimmer. Dann musst du weg sein." Und mit einer großzügigen halbrunden Bewegung seines rechten Arms legte er mir die komplette Liegewiese zu Füßen.

„Wenn du schwimmen gehen willst, kannste das machen, aber vor dem Schwimmen keinen Tropfen Alkohol, verstanden? Und vorher duschen nicht vergessen", fügte er mit einem Blick auf meine verdreckten Klamotten hinzu.

Ich gelobte im Stillen schleunigst, nie wieder irgendetwas Unfreundliches über Sachsen, Oberfranken oder Neufundländer zu denken oder zu sagen, und auch aus dem Vornamen niemals wieder Rückschlüsse auf das Wesen einer Person zu ziehen, dann fragte ich: „Und was kostet das?"

Wieder musterte er mich und mein improvisiertes Alditütengepäck.

„Macht fünf Euro. Die wirfste zusammen mit dem Schlüssel morgen früh in den Briefkasten." Und holte aus dem Kassenhäuschen einen altmodischen Schlüssel: „Für die Duschen und die Klos. Hab ich frisch geputzt. Aber jetzt muss ich sehen, dass ich hier fertig werde."

Ich sah ihm nach, wie er in Richtung des Kassenhäuschens verschwand und fragte mich, ob er so barfüßig in der Badehose nach Hause gehen würde, ob er so auch morgens gekommen sei. Gleich zog ich selbst auch mein verschwitztes T-Shirt und die Sandalen aus, nahm das Gepäck vom Fahrrad, legte die Fahrradtaschen und die Plastiktüten sorgfältig nebeneinander auf die Wiese und begann, das Zelt aufzubauen. Es dämmerte bereits, aber die Abendsonne beschien meine Wiese. Ich drückte auf den Knien kauernd die Zeltnägel in den Erdboden. Eine kleine Bande von Spatzen näherte sich hüpfend mit aufgeregtem Gezwitscher auf der Suche nach den Brotkrumen der Badegäste, die hier gelegen, gelacht, gegessen hatten. Drüben vom Kassenhäuschen her kam das Klappern von Flaschen in Kästen. Maik war immer noch am Aufräumen. Am Himmel, dort wo ihn der Abend schon rötlich einfärbte, zog ein einsamer Vogel seine Kreise. Und da geschah etwas voll Krasses. Ich hatte noch nie etwas so Abgefahrenes erlebt. In diesem einen Moment fühlte ich mich irgendwie mit allem verbunden. Mit Maik, mit den Spatzen um mich herum, mit den Badegästen, die längst zuhause waren, mit diesem Ort, seinen mir unbekannten Bewohnern, sogar mit denen, die längst gestorben sind und auf dem Friedhof liegen. Auch mit der riesigen alten Linde, die sich vor dem benachbarten Gasthaus zu einer unhörbaren Melodie beschwingt hin und her wiegte. Es war voll der magische Moment, in dem ich spürte, dass ich ein Lebewesen war inmitten anderer Lebewesen. Ich lag in der Wiese und wusste, dass wir alle nur leben wollen und dass wir alle einander geben müssen, was wir brauchen. Kapierst du das, Alter? Ich wusste das nicht in meinem Kopf, sondern in meinem Körper, unter meiner Haut. So wie der Vogel da oben wusste, dass die Luft ihn trug. Sicher war ich überanstrengt und überhitzt. Sicher lag es daran. Aber es haute mich total weg. Ich legte mein Gesicht ins Gras und weinte. Heulte wie ein Schlosshund. Flennte wie ein kleines Kind. **O tönet fort, ihr Himmelslieder! Die Träne quillt, die Erde hat mich wieder.**

Ich weiß nicht, wie lange das Geflenne gedauert hat, aber nach einer halben Ewigkeit Rotz und Wasser und ins Gras beißen habe ich mich schließlich wieder gefangen. Als ich aufsah, stand Maik vor mir. Erstaunlicherweise trug er jetzt Schuhe, Hemd und Hose und sah damit ganz anders aus. Er hielt mir eine Flasche Bier hin. „Hier“, sagte er, „für heute Abend nach dem Schwimmen“.

Gute Begegnungen hatte mir meine Mutter beim Abschied gewünscht. Cool, vielen Dank, Mama! Das war die erste. Aber nicht die letzte. Echt nicht.

Am nächsten Morgen saß ich also vor meinem Zelt, sah auf die vollkommen ruhige Oberfläche des Pools, in dem ich gleich nach dem Aufwachen geschwommen war, nahm mit meinem Handy die Morgenstille auf, in die einige Amseln und der Wind in den Blättern der alten Linde bunte Tupfen setzten, und dachte an diese Geschichte.

Welche Geschichte denn?

Na, die kennst du doch bestimmt, das ist doch so eine typische Pädagogengeschichte, die ihr erzählt, damit wir über uns und das Leben nachdenken und am Ende einsehen, dass ihr Recht habt.

Womit?

Mit allem. Mit dem, was ihr sagt und denkt. Und wie ihr lebt.

Wie leben wir denn?

Naja, keine Ahnung, so ruhig und gelassen und zufrieden, so, als wäre alles in Ordnung. Ohne Angst. Ohne Zweifel. Ohne Revolte. Als wäret ihr dauerbekifft und alles wäre euch scheißegal.

Echt, ist das so?

Klar ist das so.

Und wie geht jetzt die Geschichte?

Willst du mich verarschen? Bin ich jetzt hier der Geschichtenonkel oder was?

Klar, erzähl mal, Onkelchen.

Also, da war so ein Guru, irgendwo, weiß gar nicht, wo. Vielleicht Indien oder so. Und da kamen Leute zu ihm, weil --. Mann, verdammte Kacke, wie ging das nochmal? Die Leute kamen zu ihm und wollten wissen, wie man irgendwie voll weise wird. Und er sitzt da an so einem Weiher und alle schöpfen Wasser, weil ihnen heiß ist, und er sagt: Schaut auf das Wasser. Und da schauen sie alle ganz angestrengt aufs Wasser. Und er sagt: Was seht ihr? Und die Leute sagen: Wie, was seht ihr, na nix natürlich. Wasser halt. Sonst nix. Und er so: dann wartet. Und dann sitzen die stundenlang da und machen nix und schauen nur aufs Wasser und nach Stunden oder so hat sich die Oberfläche beruhigt und er sagt wieder: Blickt auf das Wasser. Was seht ihr? Und die auf einmal so: What the fuck, jetzt sehen wir ja uns selbst. Und da sagt er: Seht ihr, so ist es mit die Weisheit.

Und was hat das mit dir und deiner Reise zu tun oder mit diesem Schwimmbad in Skerbersdorf?

Weiß nicht. Dass man Geduld haben muss. Dass es manchmal gut werden kann. Wirklich gut.

Was?

Das, was schlecht ist im Leben, was dich daran hindert, das Gute zu sehen.

Das Gute in dir?

Ja. Auch.

Meinst du, das gilt auch für das Darmmanagement?

Keine Ahnung, Digga. Kann schon sein.

Track 6

Hast du unterwegs nicht auch mal Leute kennen gelernt, dich mit jemandem angefreundet?

Ja, klar. Da waren andere Radfahrer. Das Übliche so: Wo kommst du her? Wo willst du hin? Wie viele Kilometer machst du am Tag? Das war es dann oft schon. Mit manchen kann man länger reden, wenn man will.

Aber du willst nicht immer.

Naja, ich bin ja nicht gerade der Großmeister der gepflegten Unterhaltung. Smalltalk ist für mich mehr so ein Hindernislauf im dichten Wald vor Publikum. Ein Fehltritt und dich haut´s auf die Fresse und die anderen lachen oder schütteln den Kopf und denken sich: Was für ein Spack, Alter! Aber manchmal war ich doch froh, wenn ich einfach ein bisschen quatschen konnte. Da war zum Beispiel dieses ältere Ehepaar vom Flüsterbogen in Görlitz, bestimmt schon Ende vierzig oder so, die waren auch mit dem Zelt unterwegs und wenn man in dieselbe Richtung auf dem gleichen Weg fährt, die hatten ja den gleichen Radführer wie ich, dann trifft man sich natürlich immer wieder einmal abends.

Und mit denen hast du dich ab und zu unterhalten?

Hätte ich gerne. Aber ich habe mich nicht getraut, sie anzuquatschen. Meistens hatten die schon ihr Zelt aufgebaut, wenn ich völlig abgekämpft ankam, weil sie morgens noch früher aufstanden als ich. Und so waren die, wenn ich aus dem Zelt kroch und mein Müsli anrührte, meistens schon weg. Außerdem fühlte ich mich morgens meistens nicht in der Lage, eine einigermaßen sinnvolle Unterhaltung mit älteren Leuten zu führen. Das geht frühestens nach dem Frühstück.

An diesem Morgen im Freibad in Skerbersdorf war ich irgendwie leichter aus meinem Schlafsack gekommen als sonst. Ich freute mich aufs Schwimmen. Und nach Bad Muskau waren es nur noch gut zehn Kilometer, also ein halbes Stündchen Spazierfahrt am Fluss entlang. Dort wollte ich mir beim Bäcker Frühstück besorgen und eine hübsche Parkbank suchen. Das ging auch alles ganz geschmeidig und easy und so saß ich gegen Mittag im Schatten einer großen Weide an einem See im Park von diesem Fürst Pickler oder Pückler oder wie der heißt, wie dieses Eis eben, hatte einen Becher Kaffee neben mir stehen und eine Tüte Gebäck auf dem Schoß, um mich herum am Boden wieder so eine Gang von Spatzen, die sich am Gebrösel gütlich taten. Ein paar Schritte entfernt am Ufer saß ein schwarzer Hund, etwa kniehoch, mit kurzem, lockigem Fell. Er saß ganz still und beobachtete die Enten, die ein paar Meter entfernt über den See tuckerten. Es sah aus, als würde er sich gerne eine von ihnen schnappen. Aber er gab keinen Mucks von sich. Auf dem Weg, der um den See führte, näherte sich ein Spaziergänger, der einen ebenso schwarzen, aber ziemlich großen Hund an der Leine führte. Der Mann telefonierte und gestikulierte dabei hektisch. Dann ging alles ganz schnell. Die Riesentöle riss sich mit einem Sprung los und schoss auf den kleinen Kläffer am Ufer zu. Im selben Moment brach ein unglaublicher Tumult los. Die zwei Hunde waren nur noch ein schwarzer Wirbel, aus dem es bellte, knurrte und jaulte. Der Kleine hatte keine Chance, der Angreifer war doppelt so groß. Ohne nachzudenken, rannte ich hin, verpasste dem Großen einen Fußtritt und griff mir den Kleinen. Ich hob ihn hoch und versuchte mit den Füßen den Großen abzuwehren. Er biss mich in den Arm, aber ich spürte keinen Schmerz, sondern trat ihm mit dem Fuß in den Bauch. Es war ein satter Vollspannschuss. Er jaulte auf, setzte sich hin und sah mich verwundert an. Inzwischen war sein Herrchen gekommen.

„Ja um Himmels Willen, Rocky, was machst du denn?“ Er kniete nieder und betastete das Vieh: „Bist du verletzt? Was hast du mit ihm gemacht? Bist du verrückt, meinen Hund so zu treten, du Penner!“

Meine Kopfhaut begann zu prickeln, als hätte sie jemand ein bisschen unter Strom gesetzt. Das passiert mir immer, wenn ich sehr wütend werde. Und ich war jetzt sehr wütend, machte einen Schritt auf den Typen zu. „Dein Hund hat meinen Hund angegriffen und verletzt. Und er hat mich gebissen“, sagte ich. „Und ich zeige dich jetzt an.“ Inzwischen hatten sich einige Passanten um uns versammelt. Eine ältere Frau mit Rollator rief: „Der Große hat angefangen. Der arme Kleine, der konnte sich ja gar nicht wehren!“

Ich hielt dem Typen meinen Arm unter die Nase. Die Fangzähne hatten zwei Löcher in meinen Unterarm gestanzt, aus denen das Blut tropfte. Und der kleine Hund auf meinem Arm, der immer noch leise winselte, musste auch verletzt sein, denn mein T-Shirt war schon blutverschmiert.

„Ist dein Drecksköter überhaupt gegen Tollwut geimpft? Mann, jetzt muss ich wegen dir zum Notarzt. Das gibt´s doch gar nicht. Sowas! Und zum Tierarzt. Und wer zahlt mir das? Bloß weil du nicht auf deine Töle aufpassen kannst.“ „Jawohl“, setzte die alte Frau eins drauf: „Anzeigen sollte man Sie!“ Unsicher sah der Typ erst sie an, dann mich. „Ich habe, ich bin, also wenn das so ist, tut mir echt leid. Er zog sein Portemonnaie heraus und griff hinein: „Ich habe 130, nein 145 Euro da. Reicht das für den Tierarzt?“

„Weiß ich nicht“, erwiderte ich, „mal sehen, wie schwer verletzt mein armer Heinrich ist.“ Keine Ahnung, wieso mir auf die Schnelle gerade dieser Name eingefallen ist. „Gib schon her und pass künftig gefälligst besser auf deinen Hund auf, Mann!“ Ich nahm ihm das Geld aus der Hand, steckte es in die Hosentasche und ging mit Heinrich im Arm zurück zu meinem Fahrrad, das am Stamm der Weide lehnte, ohne ihn noch eines Blickes zu würdigen. Auch er beeilte sich, von mir wegzukommen und redete im Gehen hektisch auf seinen Hund ein. Als er fast schon aus meinem Blickfeld verschwunden war, fiel mir etwas ein. Schnell rannte ich ihm nach. „Hey du, warte mal!“ Erschrocken drehte er sich um. „Was ist jetzt – geimpft oder nicht?“

„Ja doch, klar ist er geimpft.“

„Na dann ist ja gut“, sagte ich und versuchte meiner Stimme eine herrische Färbung zu geben, kam mir dabei aber so dumm vor, als ich seinen völlig verunsicherten Gesichtsausdruck sah, dass ich einlenkte: „Ist auch gar nicht so schlimm der Biss.“

Dann ging ich zurück zur Parkbank, nahm meine Wasserflasche, gab Heinrich zu trinken und wusch die blutigen Stellen in seinem Nacken und an einem Hinterlauf. Er winselte ein wenig, ließ sich die Tortur aber gefallen. Ich gab ihm den Rest von meinem Croissant, den er zu meinem Erstaunen mit einem Happs wegputzte. Dann holte ich das Erste-Hilfe-Set, das mir meine Mutter aufgedrängt hatte.

Darin fand ich tatsächlich Desinfektionsmittel und eine Binde. Die zwei kleinen Wunden an meinem Unterarm hatten schon aufgehört zu bluten. Sie taten zwar jetzt echt scheiße weh, aber für 145 Öcken schien mir der Schmerz erträglich. Und die weiße Binde um meinen gebräunten Unterarm machte sich optisch nicht schlecht. Ich fand, sie gab mir ein männliches Gepräge, das gut zu meinem neuen Lifestyle als heimatloser Abenteurer und Retter von geschundene Kreaturen passte.

Heinrich sah mir zu, wie ich mein Zeug wieder einpackte. Als ich mich auf mein Fahrrad schwang, sprang er von der Bank und setzte sich ebenfalls in Bewegung. Irre, wie schnell der Kleine mit seinen kurzen Beinen rennen konnte. Ich schaffte es nicht, ihn abzuschütteln, zumal ich im Park zwischen den Spaziergängern nicht so schnell fahren konnte. Ich hielt an. „Was ist los, Heinrich? Hast doch bestimmt jemanden, der auf dich wartet. Los, hau schon ab! Er saß vor mir und sah mich aufmerksam an. Ich fuhr wieder los, er lief neben mir her, seine Zunge flatterte lustig im Wind. Erstaunt wurde ich gewahr, dass ich ab jetzt einen Begleiter hatte. **Dem Hunde, wenn er gut gezogen, wird selbst ein weiser Mann gewogen.**

Aber weil ich immer wieder auf den Hund schaute, der mit der Trittfrequenz einer Nähmaschine neben mir her wuselte, und Angst hatte, dass er im Verkehr unter die Räder kam, verpasste ich einen Wegweiser und fand mich an einer großen Ausfallstraße wieder, der ich einige Kilometer folgte, bis mir klar wurde, dass die Richtung ganz falsch war. Rings herum gab es nur Industrie und die üblichen Billigläden. Ich bog bei Kik auf einen Parkplatz ein, um die Karte genauer anzusehen. Es ging ziemlich hektisch zu auf dem überfüllten Parkplatz. Ein schwarzer Pickup, der aussah wie aus einem amerikanischen Film, stand direkt neben mir - so, dass er zwei Stellplätze und den halben Zufahrtsweg versperrte. Daneben stand ein Mädchen in einem sehr kurzen weißen Rock mit sehr hohen offenen Schuhen. Sie redete durch das geöffnete Beifahrerfenster mit einem Typen in dem Wagen. Mehrmals schüttelte sie den Kopf, dann hörte ich, wie die männliche Stimme sehr laut und aggressiv wurde. Ruckartig ging die Fahrertür auf. Ein Typ in einer schwarzen Lederjacke stieg aus, sah zu mir herüber. Mit einer kurzen Kopfbewegung gab er mir zu verstehen, ich solle abhauen. Dann ging er um das Auto herum zu dem Mädchen. Ich sah, dass sie einen Schritt zurückwich. Er packte sie am Arm.

„Ist alles in Ordnung? Kann ich irgendwie helfen?“ Meine Stimme, die vorhin im Streit mit dem Hundebesitzer so einen festen männlichen Klang hatte, kam jetzt ziemlich dünn und atemlos daher. Das Mädchen sah mich zornig an, als wäre ich derjenige, der ihr an die Wäsche wollte.

„Verpiss dich!“

Mit einer heftigen Bewegung riss sie sich aus dem Griff des Lederjackentypen los, stöckelte mit gesenktem Kopf zur hinteren Tür und stieg ein. Der Typ sah mich an und richtete langsam seinen Zeigefinger auf mich, als wäre der eine verfickte Schusswaffe, mit der er mich erschießen wollte. Ich hielt die Luft an, er drückte ab. Dann stieg er wieder ein. Mit quietschenden Reifen düste das Angeberauto sehr knapp an mir vorbei. Für einen kurzen Moment sah ich die Augen des Mädchens, die Verzweiflung darin und die Angst. Das war irgendwie komisch. Denn die Scheiben des Autos waren getönt.

Ich sah Heinrich an, der mit hängender Zunge am Boden saß. Wahrscheinlich war ihm zu heiß oder er hatte sich beim nebenher Rennen überanstrengt oder beides. Jedenfalls sah er ein bisschen aus wie ein notgeiler alter Mann mit Vollbart.

„Beim Himmel, dieses Kind ist schön!“ sagte ich. Er nickte zustimmend. Also machte ich weiter: **„So etwas hab ich nie gesehn. Sie ist so sitt- und tugendreich, und etwas schnippisch doch zugleich.“** Heinrich verdrehte die Augen und bellte zweimal. Ich sah streng auf ihn runter. **„Hör, du musst mir die Dirne schaffen. Wenn nicht das süße junge Blut heut Nacht in meinen Armen ruht, so sind wir um Mitternacht geschieden.“**

Heinrich legte die Schnauze auf seine Vorderpfoten und schloss ergeben die Augen. „Na also“, sagte ich, „geht doch“. Und weil der arme kleine Scheißer sicher nicht bis Usedom neben meinem Fahrrad herrennen konnte mit seine kurze Beine, schnorrte ich mir bei Kik eine Bananenkiste aus Pappe, machte in den Boden vier Löcher, zog meine Spanngummis durch und schnallte ihn oben auf das Gepäck. Das Ganze war jetzt etwas kopflastig und sah nicht so stylisch aus wie die anderen Reiseräder mit ihren knallroten wasserdichten Packtaschen, aber Heinrich passte wunderbar in den Karton, konnte über den Rand hinaus die Welt anschauen und seine langen Schlappohren im Fahrtwind flattern lassen. Wir fanden´s beide ganz ok. Nur die Sache mit dem Mädchen ging mir nicht aus dem Sinn. Die steckte bis zum Hals in der Scheiße. Oberkante Unterlippe.

So viel war klar. Vielleicht war das Ganze ja sogar eine Entführung, Menschenhandel, Kidnapping, was weiß ich. Aber was hätte ich denn machen können? Gegen die zwei Typen aus den SUV kämpfen, ihnen die Schöne entreißen, sie zu Heinrich in die Bananenkiste setzen und in einer halsbrecherischen Verfolgungsjagd durch Bad Muskau diese verfickte 300 PS-Maschine abschütteln? Mit mein Fahrrad. Mit Gepäck. Mit die Schöne drauf. Und mit Heinrich. **Rette sie! oder wehe dir! Den grässlichsten Fluch über dich auf Jahrtausende!**

„Du hättest wenigstens die Polizei anrufen können", nölte Heinrich von hinten.

„Das also ist des Pudels Kern!" rief ich, bremste scharf, hielt an und drehte mich zu ihm um: „ein Besserwisser! Ein Klugscheißer! Außerdem können Hunde nicht sprechen."

„Stimmt", antwortete er. „Und jetzt muss ich pissen. Hilf mir mal runter hier!"

Ich schob das Fahrrad auf den Gehweg, stellte es ab und setzte ihn runter. Er rannte sofort zum nächsten Auto, das am Straßenrand stand, einem fetten SUV, und pinkelte ans rechte Vorderrad. „Yes!", dachte ich. „Ein politisches Statement! Einfach immer an Autos pissen, wenn einem die Natur kommt! Ein viel stärkeres Zeichen eigentlich, als sich die Hände auf den Asphalt zu pappen. „Und du kannst wirklich sprechen?", fragte ich unsicher. Aber er sah mich bloß total genervt an, als wäre ich ein grenzdebiler Vollspack, der gar nichts kapiert.

„Hunde können doch gar nicht sprechen." Neben mir stand ein kleines Mädchen an der Hand seiner Mutter. „Stimmt´s, Mama? Hunde können nicht sprechen."

„Na klar, mein Schatz, Hunde können nicht sprechen. Der Mann macht nur Spaß."

„Doch, der schon, widersprach ich. Das ist ein verzauberter Professor. Sehr klug und gebildet."

Das Mädchen sah mich mit offenem Mund an. „Komm weiter", sagte seine Mutter, warf mir einen vorwurfsvollen Blick zu und zog die Kleine an der Hand davon, die sich nach einigen Metern noch einmal umdrehte und mir zuwinkte. Oder Heinrich.

„Verzauberter Professor. Du hast ja echt so einen an der Waffel, das gibt´s gar nicht", knurrte Heinrich. „Jetzt setz mich wieder in meinen Karton und lass uns weiterfahren. Ich will endlich weg aus diesem Kaff."

„Wo willst du denn eigentlich hin?" fragte ich, als wir schon länger einen asphaltierten Weg auf dem Damm entlang der Neiße fuhren. Die Sonne knallte uns beiden gehörig auf den Pelz, aber der Wind kühlte meine schweißnasse Haut durch das T-Shirt. Mir war **ganz kannibalisch wohl als wie fünfhundert Säuen**. Eigentlich fand ich, das grenzte schon fast an den Spaß, den ich laut meiner Oma haben sollte. Nur der Gedanke an das schwarze Auto und die zwei Typen darin und was sie wohl mit dem Mädchen vorhatten und dazu die Frage, was meine Rolle in diesem Film war, legten sich als dunkle Schatten auf meine Sommerlaune. Da legte mir Heinrich von hinten eine Pfote auf die Schulter und rief gegen den Fahrtwind in mein Ohr:

„Wohin soll es nun gehn? Wohin es dir gefällt. Wir sehn die kleine, dann die große Welt."

Mein neuer vierbeiniger Freund konnte also nicht nur sprechen, er kannte auch den Faust, obwohl der doch eigentlich mein Ding war. Schon ein bisschen creepy, fand ich.

„Heinrich!“, rief ich nach hinten, **„mir graut vor dir.“**

„Denk dir nichts, Alter“, raunte er an meiner Schulter. „Du weißt doch: Nicht dagegen ankämpfen, sondern sich einfach von der Strömung davontragen lassen.“

„Von wegen Strömung“, keuchte ich zurück. „Ich strampele mir hier einen ab. Voll im Gegenwind. Die ganze Zeit!“

Er klopfte mir begütigend auf die Schulter. „Gut so, mein Freund! Gegenwind formt den Charakter.“

Ich schwieg und keuchte.

Das Thermometer zeigte nachmittags um fünf 36 Grad. 85 Kilometer im strammen Gegenwind, teils auf Schotterwegen. Ein ständiger Kampf. Ich war völlig am Ende. Über Heinrichs Karton hatte ich ein gebrauchtes T-Shirt gezogen, damit er Schatten hatte. Er verzog kurz die Schnauze. „Riecht total verschwitzt“, meinte er, und wedelte gekünstelt mit der Pfote vor seiner Schnauze herum. „Und du?“, fragte ich gereizt, „sieh dich mal an, du Staubfänger! Meinst du, du riechst nach Rosen und Jasmin?“ Tatsächlich roch auch er ein wenig verschwitzt und war über und über mit dem grauen Straßenstaub bedeckt.

„Na, sind wir etwas ungnädig heute?“, stichelte er, lenkte dann aber ein: „Brauchst du ´ne Pause?“ Ich nickte. Im Schatten einer großen Trauerweide setzten wir uns ans Ufer. Ich zog die Sandalen aus und hängte die Füße ins Wasser, Heinrich sprang gleich rein und paddelte vergnügt zwischen den Enten, die empört aufschrien und das Weite suchten. Trotz der Hitze führte die Neiße noch immer ganz schön viel Wasser, die Büsche am Ufer standen hüfthoch in der Strömung, eine Seerose hielt, als Heinrich an ihr vorbeiplanschte, ängstlich den Atem an, damit ihr die Bugwelle nicht ins Blütenmaul schwappte.

Du hast dich also mit einem Hund angefreundet?

Ja, Digga. Heinrich, mein treuer Gefährte. Der wurde mein Freund.

Und Menschen? Mit Menschen hast du´s wohl nicht so?

Wie gesagt finde ich Menschen oft ziemlich anstrengend. Bei denen habe ich immer das Gefühl, als würde alles, was ich mache, bewertet. Wie ich aussehe, wie ich rieche, was ich sage, was ich dabei für ein Gesicht mache, wenn ich was sage. **Vor andern fühl ich mich so klein; ich werde stets verlegen sein**. Schlimmer als in der Schule. Und ich bin echt nicht gut in der Schule.

Geht dir das mit allen so?

Ey hackt´s bei dir oder was? Natürlich nicht. Bei meiner Mutter zum Beispiel. Die liebt mich ja. Meine Oma auch. Und Ali.

Wer ist Ali?

Das schönste Bild von einem Weibe!

Erzähl mir von ihr!

Ne, keine Lust. Ich bin jetzt müde. Ich muss mich ein wenig auf´s Ohr hauen. Dann übe ich noch ein bisschen in den Rollstuhl zu krabbeln. Und du? Noch´n bisschen Darmmanagement?

Ach, leck mich, Einer.

Hey, Digga, das kostet ein Fehler.

Du, Ajnur?

Was?

Hast du bei mir auch das Gefühl, geprüft zu werden?
Klar. Du bist Lehrer. Was denkst du denn, Mann!

Track 7

Morgen, Ajnur! Gut geschlafen?

Ne, Digga. Alptraum gehabt.

Das tut mir leid. Was hast du denn geträumt?

Von Oli Kahn.

Was?

Ja. Oli Kahn hat mich verfolgt. Als Plastinat.

Als was?

Ey, checkst du heute gar nichts, Digga? Rede ich chinesisch? Als Plastinat. Du nimmst ´ne Leiche, behandelst sie kräftig mit Chemie und präparierst sie wie nen Wolpertinger in Oberammergau.

Wie was?

Wie einen Wolpertinger. Was hast du dir denn heute zum Frühstück reingepfiffen?

Okay, lassen wir das. Was war mit Oli Kahn in deinem Traum?

Er war ein Plastinat.

Ach, jetzt kapiere ich: du bist von Bad Muskau nach Guben gefahren und bist dort ins Plastinarium gegangen. Und weil du gestern von Bad Muskau erzählt hast, hat dich die Freakshow von dort im Traum eingeholt.

Ja, genau. Die haben da einen Keeper ausgestellt, der gerade nach einem Ball hechtet. Der Keeper besteht nur aus Muskeln und Sehnen. Sieht sehr gruselig aus. Und im Internet gibt es einen Werbefilm für das Plastinarium, wo ein hübsches kleines blondes Mädchen die Leute durch die Räume führt und ihnen die verschiedenen Leichenteile zeigt, und dann kommt sie zu dem Torwart, beugt sich runter zu ihm, weil er sich ja gerade nach dem Ball hechtet, und fragt so: „Na, Oli, wie geht´s?"

Und das findest du lustig?

Nein, Alter, spinnst du! Das ist doch voll gruselig. Nicht weil es Oli Kahn ist, der lebt ja noch. Sondern weil es ein Mensch ist. Und weil diese Spackos gar keinen Respekt haben vor einem Menschen. Und vor dem Leben. Und weil sie dem kleinen, süßen, blonden Mädchen schon beigebracht haben, dass es cool und voll im Trend ist, keinen Respekt vor dem Leben zu haben. Weißt du, aber vor ´nem leeren Anzug mit 'nem weißen Hemd und ´ner Krawatte, da haben sie alle einen Scheißrespekt und vor einer schwarzen Lederjacke, da kacken sie sich in die Hose. Aber so einem Toten, der mal ein Mensch war, als Freak ausstellen und von die Leute zwölf Öcken abkassieren, damit sie dieses Horrorkabinett anschauen, das nennen sie dann Aufklärungsarbeit. **Er nennt´s Vernunft und braucht´s allein nur tierischer als jedes Tier zu sein.**

Und seither verfolgt dich der plastinierte Oli Kahn im Traum?

Siehst du, jetzt hast du´s auch gecheckt. Aber der echte Horror, der wahre Wahnsinn kam erst am nächsten Tag.

Erzähl!

Naja, eigentlich fing der Tag wieder gut an – mit Schwimmen im Baggersee. Kurz hinter Guben hatte Heinrich einen Zeltplatz gefunden. Der Ort hieß Bresinchen. Klingt doch witzig, oder? Direkt am Baggersee. Ein Traum. Heinrich und ich hatten die halbe Nacht gequatscht und uns zwei Bier geteilt, also war´s schon ziemlich spät, als wir aufstanden und erst einmal um wach zu werden zwei, drei Runden im See gedreht haben. Und dann war´s schon fast Mittag, bis wir loskamen. Also habe ich mal richtig Sport gemacht und habe gestrampelt wie ein Blöder. Schließlich war es noch scheiße weit bis Usedom. An der Odermündung haben wir beide uns eine Pinkel- und Trinkpause genehmigt, zum Pinkeln fanden wir auch ein hübsches Benz-SUV, zum Trinken eine nette Bank im Schatten, und im schönen Eisenhüttenstadt bekam jeder ein Bratwurstbrötchen und einen Espresso mit einer Selbstgedrehten, und dann ging es weiter, immer in der Hitze am Deich lang, während der Himmel im Osten schon die graue Stirn in Falten legte. Am späten Nachmittag waren wir in Frankfurt an der Oder und ich war völlig fertig. Und der nächste Zeltplatz 40 Kilometer weiter. Heinrich meinte: „Das schaffst du doch locker." Aber ich war platt. Und es regnete. „Erst mal was essen", bat ich. Das fand er auch gut. Wir standen gerade vor dem unvermeidlichen McDonalds. Sonst gehe ich da ja nicht rein. Aber heute war mir alles egal. Hauptsache hinsetzen, essen, trinken und blöd schauen. Aber Heinrich fand, „schon aus ökologischen Gründen muss man um Schnellfutter einen großen Bogen machen. Ich fresse ja auch kein Schlappi oder sonen Scheiß", meckerte er. „Da schmier ich mir lieber ein Käsebrot. Der Mensch ist, was er isst. Wer hat´s gesagt?"

„Echt, Heinrich, du kannst manchmal so ein Klugscheißer sein." Aber ich gab nach, holte beim Bäcker vier Käsebrötchen – eins für Heinrich, drei für mich, zog mir mein knallgrünes Regencape über und fuhr bis zu einer Parkbank direkt an der Oder. Fünfzig Meter weiter lärmte der Berufsverkehr über eine Brücke Richtung Polen. Und in der anderen Richtung waren scheinbar nicht viel weniger Pendler unterwegs. Ich nahm die Plastiktüte aus Heinrichs Karton, legte sie auf die Bank und setzte mich drauf. Natürlich war mein Hosenboden trotzdem nach ein paar Sekunden nass. Egal. Ich breitete den Regenponcho um mich herum aus wie die Heilige Jungfrau ihren Mantel auf den Bildern, die ich aus meiner Kindheit in Bosnien kannte. Schutzmantelmadonna hieß das.

„Ich werde nass“, nölte Heinrich.

„Bei McDonald´s“ wär´s trocken.“ Ich hob eine Seite des Ponchos auf, er hüpfte auf die Bank und schlüpfte darunter, kuschelte sich an mein Bein. Super, jetzt war die Hose auch nass.

„Kann ich ein Käsebrötchen?“

„Mensch, Heinrich, sprich in ganzen Sätzen! Kann ich ein Käsebrötchen was? Kaufen? Anschauen? Bemalen? In mein Ohr gestopft kriegen?“

„Haben. Kann ich ein Käsebrötchen haben, bitte?“ Er klang jetzt fast ein bisschen kleinlaut.

„Marx“, sagte ich, als ich die Semmel nach unten reichte.

„Was?“, fragte er überrascht, und spuckte dabei feuchte Krümel gegen mein Bein.

Ich versuchte es noch einmal deutlicher, was mit Unmengen Brot und Käse im Mund gar nicht so einfach ist: „Karl Marx“.

„Hä?“ Heinrich war verwirrt.

„Karl Marx hat gesagt: `Der Mensch ist, was er isst´.“

Heinrichs Kopf kam zwischen meinen Knien unter dem Regenponcho hervor, was für einen außenstehenden Beobachter ziemlich schräg ausgesehen haben muss. Glücklicherweise gab es bei dem Pisswetter keine außenstehenden Beobachter. Gerade begann Heinrich mit scharfer Stimme zu dozieren: „Ist dir klar, dass diese Käsebrötchen im Sinne des dialektischen Materialismus …“.

In diesem Moment hörten wir von der Brücke her lautes Reifenquietschen und dann das typische Geräusch von Blech, das auf Blech trifft und sich in Sekundenbruchteilen zusammenfaltet, dazu das Splittern von Glas. Ein schwarzer SUV stand schräg versetzt auf der Fahrbahn, hinter ihm bildete sich rasch eine lange Schlange. Leute stiegen aus, erregte Stimmen, dazwischen erste Hupsignale. Dann sah ich ein Mädchen, das zwischen den Autos hervorkam. Sie überquerte in gebückter Haltung die Fahrbahn und rannte dann so schnell sie konnte die Treppe herunter Richtung Oderufer. Dort stand sie, sah sich hilfesuchend um und lief, als wäre der Teufel hinter ihr her, zu mir, glitt unter der Bank hindurch, auf der ich saß und hockte sich unter den Poncho, der bis zum Boden herabhing. Das alles ging so schnell, ich hatte nur gesehen, dass sie ziemlich klein war, einen kurzen weißen Rock trug und barfuß lief.

„Guten Tag“, sagte ich, weil mir nichts Besseres einfiel. „Möchtest du ein Käsebrötchen?“

Aber da hörte ich schwere Schritte von der Treppe her. Es war der Lederjackentyp mit dem SUV aus Bad Muskau. Ein anderer Typ stand auf der Brücke am Geländer und rief dem unten etwas zu. Beide schauten mich misstrauisch an. Dann bellte der von der Brücke wieder etwas herunter und der andere rannte weiter zu einem kleinen Spielplatz in der Nähe. Das Mädchen klammerte sich unter dem Poncho an mein Bein. Ich spürte, dass sie zitterte. Ob vor Kälte und Nässe oder vor Angst, wusste ich nicht. Ich hielt mein angebissenes Käsebrötchen unter den Poncho und fühlte eine Hand, die danach griff. „Danke!“, flüsterte es von unten. „Bleib!“, flüsterte ich und versuchte dabei, wie ein Bauchredner die Lippen nicht zu bewegen, weil der auf der Brücke immer noch dastand und in meine Richtung sah. Dann kam der mit der Lederjacke zurück, ging einmal im weiten Bogen um meine Bank, vor der, wie ich zufrieden bemerkte, mein bepacktes Fahrrad ihm die Sicht verstellte, und machte sich dann oderabwärts auf, um weiterzusuchen.

„Bleib!“, sagte ich wieder. Sie hielt immer noch mein Bein fest und zitterte. Ich musste dringend pinkeln. Irgendwie war mir die Situation ein bisschen peinlich. Gleichzeitig wusste ich aber, dass ich sie vor diesen verfickten Zuhältern beschützen musste. So saßen wir beide, unter meine knallgrüne Regenponcho geborgen, ich weiß nicht, wie lange. Irgendwann sah ich auf und der schwarze SUV war weg. Ich atmete tief durch, dann hob ich den Poncho leicht vorne an und schaute zwischen meinen Knien hindurch darunter. Aus einer neongrün eingefärbten Dunkelheit sahen mich zwei große schwarze Augen an. Darüber leuchteten weiße Zähne zwischen knallroten Lippen.

„Sie sind weg“, sagte ich.

Als sie auf allen Vieren aus ihrem Versteck krabbelte, streiften ihre nassen Haare meine Wade. Dann stand sie vor mir, patschnass, Arme und Beine dreckverschmiert. Ängstlich sah sie sich um, die Arme um den Oberkörper gelegt. Sie trug nur ein rosafarbenes ärmelloses Top und den weißen Rock, der jetzt aussah, als hätte sie damit den Boden gewischt. Es hatte aufgehört zu regnen.

„Dir ist doch bestimmt kalt. Komm, ich gebe dir was zum Anziehen.“ Ich kramte aus meiner Fahrradtasche die Alditüte heraus, in der ich meine Klamotten verstaut hatte, und hielt sie ihr hin. Sie hob prüfend ein Teil nach dem anderen hoch und entschied sich schließlich für meinen wärmsten Pulli. Meine Oma hatte ihn mir letzte Weihnachten geschenkt, selbst gestrickt, sehr warm und sehr lang, beige und grün mit einem roten Rentierkopf vorne drauf. Ohne zu zögern zog sie ihn über das patschnasse Top.

„Magst du einen Kaffee?“ Die Frage kam mir blöd vor, aber ich brauchte jetzt selbst unbedingt etwas Warmes. Sie nickte. Ich packte meine Sachen zusammen, setzte Heinrich wieder in seine Bananenkiste und wir gingen los.

Es war gar nicht so einfach, inmitten der Plattenbauten ein Kaffee zu finden. Schließlich landeten wir doch bei McDonald´s. Ich warf Heinrich, der immer wieder misstrauisch zu dem Mädchen sah, einen warnenden Blick zu. Er runzelte die Stirn. Sein rechtes Ohr zitterte.

Auf dem Klo zog ich mir auch etwas Trockenes an. Der Kaffee tat gut, er war heiß. Dazu teilten wir uns zu dritt eine große Portion Pommes. Die Leute um uns herum, Junge und Alte, beachteten uns nicht. Nur ein paar aufgedrehte Teenies zwei Tische weiter kicherten und deuteten auf das Mädchen.

„Wie heißt du eigentlich?“ fragte ich.

„Nadia“, sagte sie. „Und du?“

„Ajnur“, sagte ich.

Dann schwiegen wir. Sie bemerkte, dass die Teenies am Nebentisch sich über ihren Aufzug lustig machten, und zeigte ihnen den Mittelfinger. Noch lauteres Gekicher war die Antwort.

„Was ist eigentlich passiert? Wieso sind die zwei Typen hinter dir her?“

„Nix“, sagte sie. „Sind blöde Arschlöcher. Können mir nix tun.“

Ich erinnerte mich, wie sie gezittert hatte. „Das hat aber ganz anders ausgesehen vorhin“, widersprach ich. Sie zuckte mit den Schultern und streichelte Heinrich, der sich bisher sehr reserviert verhalten hatte, der streichelnden Hand aber nicht widerstehen konnte. Draußen wurde es schon dunkel.

„Wo schläfst du?“, fragte ich. Wieder zuckte sie mit den Schultern. Ich kramte meinen Radführer heraus. In Frankfurt gab es keinen Zeltplatz. In ein Hotel zu gehen, traute ich mich nicht. Sicher würde der Portier misstrauisch, wenn zwei Minderjährige in so einem Aufzug ankämen.

„Komm, wir finden schon was“, sagte ich, kaufte noch ein paar Burger und Pommes für´s Abendessen und wir gingen los. Ich schob das Fahrrad und Heinrich lag die ganze Zeit schweigend in seiner Kiste.

„Hast du Geld?“ fragte sie.

„Klar“, antwortete ich und zog die 145 Euro aus der Hosentasche.

Irgendwie kamen wir wieder zu dem Platz, wo wir uns getroffen hatten. Von dort aus gingen wir einfach an der Oder entlang, kamen schließlich an eine Stelle, wo Hausboote lagen. „Wintermarina“ hieß das. Ein Schild verbot Unbefugten den Zugang. Aber mir war jetzt alles egal. Wir brauchten einen trockenen Ort zum Schlafen und da schien mir so ein Hausboot gerade recht. Das Tor zum Steg, der zu den Booten führte, war mit einem Vorhängeschloss und einer schweren Kette versperrt, aber man konnte ganz leicht drum herumklettern. Wir sprangen gleich auf das erste Hausboot. Esperanza hieß es: Hoffnung. Gut so. Es war ein altes Holzboot, die Tür war mit einem abgesperrten Riegel versehen, den ich mit meinem Schweizermesser einfach abschrauben konnte. Im Inneren gab es eine Bank, einen Tisch, ein schmales Bett. Sogar mit Decken drin. Ich kletterte noch einmal zurück, schnallte mein Gepäck vom Fahrrad, sperrte das Rad an den Zaun und schaffte mein Zeug ins Boot. Nadia hatte inzwischen den Tisch gedeckt, hatte in einem der Wandschränkchen sogar eine Flasche Rotwein und zwei Gläser gefunden. Heinrich rollte sich unter dem Tisch zusammen und begann zu schnarchen. War wohl alles ein bisschen viel für ihn gewesen.

Später, als wir im Bett lagen, erzählte sie vom Straßenstrich kurz hinter der Grenze und von reichen deutschen Männern in Hotelzimmern auf der deutschen Seite, denen sie als minderjährige Jungfrau angeboten wurde. Irgend so ein alter Sack wollte es unbedingt ohne Gummi machen, und als sie sagte, dass sie das auf gar keinen Fall macht, ist er wild geworden, hat sie aufs Bett geworfen und festgehalten und da hat sie ihm mit aller Kraft ihr Knie zwischen die Beine gerammt. Er hat geschrien wie am Spieß, einer der beiden Typen ist reingekommen, hat ihm sein Geld wiedergegeben, sich fünfmal entschuldigt und gesagt, er bestraft sie und wird dafür sorgen, dass sie das nächste Mal ein wenig netter zu ihm ist. Dann wollten die zwei mit ihr zurück nach Polen in die Absteige, wo sie mit den anderen Mädchen wohnte, die wie sie selbst allesamt aus dem Kosovo kamen. Und weil ihr klar war, was dort passieren wird, und dass sie es mit dem Dicken am Ende doch ohne Gummi machen muss, griff sie auf der Brücke vom Rücksitz über die Schulter des Fahrers ins Lenkrad und zog dabei die Handbremse an. Und bis die zwei Typen sich aus ihren Airbags wieder herausgewickelt hatten, war sie in dem Chaos auf der Brücke verschwunden.

Ich lag noch lange wach, sah in die Finsternis und hörte ihr beim Schlafen zu. Ihr Atem ging unruhig, ab und zu machte sie kleine hohe Töne, die nach heimlicher Angst und Schrecken klangen. Wir lagen sehr eng beieinander auf der schmalen Koje. Meine Nase berührte fast ihren Hals, der ein wenig nach Zimt roch oder so. Jedenfalls sehr gut. Und ich fürchtete ein wenig, sie könnte aufwachen. Ganz vorsichtig drehte ich mich um und kramte aus meiner Hose, die ich neben die Koje gelegt hatte, mein Handy. Ich legte es zwischen uns aufs Kissen und nahm unsere Atemgeräusche auf. Das schien mir sehr wichtig. Zwei Menschen, die zusammen atmen. Beide die gleiche Luft. Was ich einatme, hat sie vorher ausgeatmet. Verstehst du das? Da habe ich es gespürt.

Was?

Wie alles sich zum Ganzen webt, eins in dem andern wirkt und lebt!

Ich hatte noch nie eine Nacht mit einer Frau verbracht und es war schön, einfach neben ihr zu liegen. Ganz sanft berührte ich ihren Hals. Er war warm. Unter meinen Fingern spürte ich ihren Pulsschlag. **So taumle ich von Be-**

gierde zu Genuss, und im Genuss verschmacht ich nach Begierde.

Sie bewegte leicht ihren Kopf und ich nahm die Hand schnell wieder weg. Morgen früh würden wir sehr bald aufstehen, würden alles aufräumen. Ich würde das Schloss wieder anschrauben. Dann würden wir irgendwo in der Stadt ein gebrauchtes Fahrrad auftreiben. Ich hatte ja die 145 Euro. Dann würden wir weiterfahren. Wir wären wie irgendein Pärchen, das zusammen Urlaub macht. Mal mit dem Fahrrad verreisen. Ach, meinst du wirklich, Schatz? Klar, warum nicht. Ist umweltfreundlich und man sieht viel. Und, weißt du, ich habe ja diesen Fahrradführer. Oder-Neiße-Radweg. Bis zur Ostsee. Oh, das wird bestimmt schön. Du hast immer so tolle Ideen, Schatz. Du bist überhaupt so ein unglaublich gescheiter und interessanter Mann. Da hast du wohl recht, **du holdes Himmelsangesicht.** Und du musst bedenken, ich bin auch mit diesem unglaublich schönen neongrünen Regencape ausgestattet, in dem ich aussehe wie ein Vollidiot. Ich teile es mit dir. Dann sehen wir aus wie zwei Vollidioten.

Der Duft, der Nadias Hals und Haar entstieg, benebelte mich ein wenig, und meine Gedanken balancierten wie besoffen auf dem schmalen Pfad zwischen Traum und Wachsein, so wie wir morgen schon über den schmalen Weg auf dem Deich an der Oder entlangfahren würden. Den Wind im Gesicht, mit schmerzenden Ärschen, aber leichtes Herz.

Und in ein, zwei Tagen kommen wir durch die Uckermark. Irgendwo von da kommt doch die Merkel her. Bestimmt hat sie da noch ein Haus. Wenn ich nur wüsste, wo. Ich würde klingeln. Sie würde aufmachen, im Jogginganzug, weil sie ja jetzt zu Hause ist und müde von dem ganzen Kanzlerinnenstress, und würde mich mit Erstaunen und sichtlichem Wohlgefallen mustern.

Ich bin Ajnur, würde ich sagen. Das heißt Mondlicht. Und das ist Nadia. Guten Tag, Frau Exbundeskanzlerin. Kann ich Sie kurz sprechen? Es ist sehr wichtig.

Nadennkommsemarein, würde sie sagen. Und ein bisschen zur Seite treten in ihren pinken Plüschhausschuhen mit Hasengesicht und Ohren über dem großen und dem kleinen Zeh. Es gäbe wohl auch Tee und Kleingebäck. Dann würde ich ihr die ganze Geschichte von Nadia erzählen. Und dass sie nicht in den Kosovo kann. Und nicht zurück zu ihrer Familie. Und auch vom feinen Herrn im Anzug, der die kleinen Mädchen nur ohne Gummi ficken kann, weil er sonst ganz traurig wird.

Und dass ich sie heiraten werde. Also Nadia. Nicht Merkel. Wenn wir achtzehn sind. Dann ist alles geritzt. Dann sind wir aller Sorgen ledig. Weil ich Deutscher bin. Aber jetzt geht das noch nicht. Das muss sie verstehen. Also Merkel. Nicht Nadia. Und deshalb muss sie eine Aufenthaltsgenehmigung bekommen. Nicht Merkel. Nadia.

Aber so geht das nicht in Schland. Da gibt es Regeln und Gesetze. Und die müssen immer gelten. Und dann kommt da so eine Nadia und will wie ein Mensch behandelt werden und will sich nicht mehr von alten Männern ohne Kondom ficken lassen. Und deshalb braucht sie jetzt eine Aufenthaltsgenehmigung und eine Arbeit. Und Sie haben doch damals, hochverehrte Frau Bundeskanzlerin ade, gesagt: Das schaffen wir schon, verdammte Scheiße. Und dann haben wir ihm ja auch geschafft. Und jetzt kommt hier diese Nadia und ist lebendig und nicht erschossen und nicht ersoffen und will einfach nur in Ruhe mit ihrem Herzallerliebsten in unserem schönen Land leben. Das geht doch, Frau Merkel. Oder?

Und dann tappt die Merkel mit ihren Hasenfüßen zum Telefon und spricht hinein, kurz und sachlich und so leise, dass wir nichts verstehen. Und ich denke: Nix wie weg. Jetzt wird sie abgeschoben. Also Nadia. Nicht Merkel.

Am nächsten Morgen war sie weg. Also Nadia. Nicht Merkel. Und, wie ich später merkte, auch die 145 Euro aus meiner Hose. Aber irgendwie war ich ihr nicht böse. Ich hätte es an ihrer Stelle wahrscheinlich genauso gemacht. Und immerhin hatte sie mir den Rentierpulli von meiner Oma dagelassen.

Warst du nicht enttäuscht, dass du jetzt wieder alleine warst? Dass sie dich verlassen hat? Und auch noch beklaut?

Ne, wie gesagt, ich war ihr nicht böse. Und verlassen, ich meine, sie war ja nicht meine Freundin oder so. Das war mir schon klar. Es war ein Traum für eine Nacht.

Was für ein Traum?

Dass ich nicht mehr alleine sein muss.

Und jetzt warst du wieder allein.

Das stimmt, Digga. Und wie. Ich habe mein Zeug gepackt, alles ganz ordentlich aufgeräumt, das Schloss wieder angeschraubt, und dann bin ich losgefahren. Es war noch sehr früh. Die Oder lag zwischen den Deichen wie ein riesiger Spiegel, in dem ein weißbetupfter Morgenhimmel sich selbst bewunderte. Es roch nach Wasser und Schlamm.

Ich dachte an Nadias Geruch in der Nacht und schaltete einen Gang höher: nichts wie weg hier. Da sagte mein Fahrrad plötzlich überrascht „Ach!“ und meine Füße kurbelten für einen Moment auf Hochtouren im Leerlauf. Der vordere Schaltzug war gerissen. Jetzt hatte ich noch ein Kettenblatt zur Verfügung, fünf Gänge. Und immer noch vierhundert Kilometer vor mir. Da konnte ich plötzlich nicht mehr weiterfahren. Aus. Tank leer. Keine Kraft mehr. Ich musste heulen. Ich ließ das Rad die Böschung runterrollen, bremste vor einem Gebüsch direkt am Ufer, warf das Fahrrad zu Boden und mich daneben. Auch Heinrich kugelte über die Wiese, blieb neben mir liegen und sah mich mitleidig an. Dann heulte ich. Ich heulte über mich, über Nadia, über meine Mutter und über meinen Scheiß-Vater. Dann saß ich noch lange im Gebüsch und schaute auf das Wasser. Immer das Gleiche, dachte ich. Und immer neu und in Bewegung. Auf der feuchten Wiese am anderen Ufer stakste ein einzelner Storch durchs Gras. Er drehte den Kopf zu mir. Aus seinem Schnabel hingen zwei Froschbeine.

„Na, Kollege“, sagte ich leise, „bist auch alleine, was? So ist das eben mit uns zwei. Gibt Schlimmeres. Lass dir dein Frühstück schmecken.“

Und dann dachte ich, dass eigentlich nur der Frosch wirklich die Arschkarte hat. Weil solang du nicht gefressen werdest, kann immer noch alles Mögliche passieren. Sogar was Gutes.

Aber jetzt ist echt mal Schluss. Ich vertu meine Zeit hier drin mit dir, und draußen tobt das Leben

Was tobt da draußen?

Naja, das pralle Leben eben. Physio, Darmmanagement, Blasentraining und so. Außerdem habe ich Kohldampf. Gibt gleich Mittagessen.

Du, Ajnur ...

Was?

Weißt du eigentlich, wie die Geschichte weitergeht?

Welche Geschichte?

Na, die von dem Weisen am Brunnen und den Leuten, die wissen wollen, was es mit der Stille auf sich hat.

Ne, wie denn?

Der Alte sagt ihnen, sie sollen noch einmal ein paar Stunden da sitzen bleiben und ins Wasser schauen.

Voll langweilig, Alter.

Ja, genau. Und nach ein paar Stunden fragt er sie: Was seht ihr jetzt?" Und die Leute sagen: „Wir sehen bis auf den Grund des Brunnens."

Ist ja auch klar, das Wasser hat sich beruhigt.

Ja, genau. Und sie haben sich auch beruhigt. Und der Alte sagt zu ihnen: „Die Stille versetzt euch in die Lage, euch selbst zu erkennen und schließlich auf den Grund der Dinge zu sehen." Oder so ähnlich.

Ja, cool, stimmt. Das ist es vielleicht, was mir damals im Schwimmbad passiert ist. Das kann einen schon umhauen, wenn man auf den Grund der Dinge sieht.

Ajnur?

Was?

Danke.

Wofür?

Für´s Erzählen.

Kapitel 3: Einer trifft jemanden

Track 8

Lass uns rausgehen, Ajnur! Die Sonne scheint, und draußen riecht es auch besser als hier drin. Ich brauche dringend frische Luft.

Klar, Alter, ich bin dabei. **Es ist so schwül, so dumpfig hie.** Bloß mit rausgehen wird´s nix werden. Lass uns lieber rausrollen. Dafür müssen wir auch nicht nach einer Bank suchen, um uns hinzusetzen. **Nur wenige Schritte noch hinauf zu jenem Stein, hier wollen wir von unsrer Wandrung rasten.**

Du bist ja heute groß in Form. Aber jetzt erzähl! Wie ging es denn nach Frankfurt und nach Nadia weiter?

Also ganz ehrlich? Ich hatte keinen Bock mehr. Mir ging das Fahrradfahren auf den Sack. Ich sagte das Heinrich auch sehr deutlich, aber er hatte total Verständnis und sammelte das Gepäck, das verstreut um uns herum lag, wieder ein.

„Ne, ist doch klar“, sagte er. „Versteh ich total. Lass dir Zeit! Wir fahren einfach nur noch bis zum nächsten Campingplatz, ich besorge uns was Gutes zu essen, und dann ruhen wir uns ein wenig aus. Morgen sieht die Welt dann schon wieder anders aus.“

Ich drehte mir eine Zigarette, zündete sie an und inhalierte den Rauch fast schon mit Genuss.

„Du hast gewusst, dass sie abhaut, oder?“

„Hm“, machte er und versuchte, mit den Zähnen den Spanngummi am Gepäckträger zu befestigen.“

„Und du hast auch mitgekriegt, dass sie mir das Geld aus der Hose genommen hat.“

„Klar“, sagte er, wobei ihm der Gummi aus dem Maul

schnalzte, „aber ich dachte, du wirst wohl nichts dagegen haben. Die Kleine konnte es sicher gut gebrauchen."

„Stimmt schon", sagte ich, und blies gedankenschwer den Rauch in die kühle Morgenluft. „Für´s Leben wird ihr das bisschen Kohle aber nicht helfen."

„Korrekt, Alter", gab Heinrich zu. „Aber du hättest ihr für´s Leben auch nicht helfen können."

Ich schwieg und rauchte. Das ist der Vorteil, wenn man raucht: man kann einfach schweigen und rauchen und sich dabei schlau vorkommen, obwohl man null Ahnung von gar nix hat.

Den restlichen Tag strampelte ich im Gegenwind durch den Oderbruch, bis ich endlich am Nachmittag einen Wegweiser zu einem Campingplatz namens „Heidehof Gorgast" sah. Dem fuhr ich nach. Ich hatte echt keine Lust mehr. Außerdem brauchte ich dringend einen neuen Schaltzug.

In der Nähe gab es eine Gedenkstätte namens „Seelower Höhen", wo die größte Schlacht des Zweiten Weltkrieges auf deutschem Boden stattgefunden hatte. Eigentlich interessiere ich mich schon für so geschichtliches Zeug, aber heute war mir erstens nicht nach Umweg, zweitens nicht nach Gemetzel. Irgendwie muss ich dann wohl einen Abzweig verpasst haben und stand plötzlich doch auf dem Parkplatz vor der Gedenkstätte. An der Mauer des Museumsgebäudes waren mehrere Hakenkreuze aufgesprüht.

Ich lehnte trotzdem das Fahrrad dagegen, nahm meine Wasserflasche und die Lenkertasche mit und schaute mir das Außengelände an. Mehrere Reihen von Kriegsgräbern standen in Reih und Glied vor einem gigantischen Sowjetsoldaten, der die linke Hand auf einem zerstörten Panzer hatte. Keine Ahnung, was das ausdrücken sollte. Ein Held. Ein Mann. Es gefiel mir nicht. Davon ging nichts Friedliches aus. Wer davor stand, sollte für den nächsten Kampf bereit sein, der vielleicht noch mehr Menschen das Leben kosten würde. Auch denen würde dann wieder ein Denkmal errichtet werden und so weiter und so weiter bis in alle Ewigkeit. So läuft das mit der Geschichte.

Und mittendrin in dieser unaufhörlichen Abfolge von Kriegen mein eigener Vater im Kosovo. Es war zum Kotzen. Ich setzte mich auf einen der Steine und drehte mir eine Zigarette.

Ein dicker Typ im Blaumann kam mit einer Schubkarre voller braunem Laub angeschoben. Auf dem Latz des Blaumanns, der sich über seinem massigen nackten Bauch spannte, war ein Namensschild angepinnt: Herr Piechowski.

„Wat hastn hier uffm Stein zu sitzen? Det isn Denkmal."

Ich zündete mir die Zigarette an. „Ja, deswegen sitze ich ja hier. Ich denke mal. Ich denke mal ein wenig nach."

„Jetz werd ma nich frech, Bürschchen. Mit so Typen wie dir wer ich schon fertich, mein Lieber. Da hab ich Mittel und Wege."

„Freisler", sagte ich.

„Wat is?"

„Freisler hat das gesagt", belehrte ich ihn und stand vorsichtshalber auf, weil ich Ärger erwartete.

„Kenn ick nich", sagte er, nahm seine speckig glänzende braune Lederkappe ab und betrachtete ihr Inneres, als stünde darin, wer Freisler war. „Wer isn dett?", fragte er misstrauisch.

„Präsident des Volksgerichtshofes“, sagte ich und sah zu Heinrich runter, der sich ebenfalls erhoben hatte.

„Na siehste“, sagte er, „son hohes Tier und sacht das auch. Genau wie icke.“ Er sah jetzt sehr zufrieden aus, setzte seine Kappe wieder auf und griff mit einer energischen Wendung des Oberkörpers, die das Fleisch unter dem Blaumann in Wallung brachte, nach der Schubkarre. „Det is der Zeitgeist. Und jetze mach die Kippe aus hier, aber dalli!“

Ich nahm einen tiefen Zug, deutete auf den steinernen Krieger und deklamierte:

Was ihr den Geist der Zeiten heißt, das ist im Grund der Herren eigner Geist, in dem die Zeiten sich bespiegeln.

Piechowski sah mich fragend an und stellte die Schubkarre wieder ab. Heinrich begann zu knurren. Sein rechtes Ohr zitterte. Aber ich konnte hier unmöglich aufhören.

Das ist´s denn wahrlich oft ein Jammer! Man läuft euch bei dem ersten Blick davon. Ein Kehrichtfass und eine Rumpelkammer …

Ich zog noch einmal an der Zigarette. Piechowski kam drohend auf mich zu. Jetzt hatte er geschnallt, dass er verarscht wurde.

… und höchstens eine Haupt- und Staatsaktion mit trefflichen pragmatischen Maximen, wie sie den Deppen wohl im Munde ziemen!

Okay, schon klar, die Deppen waren nicht von Goethe, schienen mir hier aber besser zu passen als die Puppen, und sie verfehlten ihre Wirkung nicht. Piechowski baute sich drohend vor mir auf – so nah, dass mir der Schweißgeruch aus seinen nackten Achselhöhlen in die Nase stieg.

Doch Heinrich stellte sich vor mich, knurrte und bellte so laut und bedrohlich, als sei er ein Kampfhund. Der Dicke wich zurück und ich nutzte den kurzen Moment der Verunsicherung zum Rückzug, während Heinrich noch ein wenig den sichtlich beeindruckten Piechowski verbellte. „Wie ein Großer", dachte ich amüsiert und ging schleunigst zu meinem Fahrrad zurück. Zumindest wollte ich das. Aber da war kein Fahrrad mehr. Die kahle Mauer präsentierte die aufgesprühten Hakenkreuze im grellen Licht der tiefstehenden Nachmittagssonne, eine einsame Grille sägte ihre monotone Klage über das Gräberfeld. Das Rad war weg. Die Taschen lagen am Boden, Heinrichs Pappkarton daneben, und die Alditüte mit meinem Zelt war auch noch da. Nur das Rad war weg. Ich dachte, das gibt es doch gar nicht. Wer klaut denn so einen alten Hobel!

„Heinrich", sagte ich, als er mit einem Gang wie Will Smith in „Men in Black" zurückkam, „das Rad ist weg".

„Das sehe ich", sagte er. „Hast du es nicht abgesperrt?"

„Ne", sagte ich, „ich dachte, wir gehen nicht weit weg und kommen auch gleich wieder."

„Ja", sagte er, „dachte ich auch. Aber du musstest ja unbedingt einem Eingeborenen zeigen, wie schlau und überlegen du bist".

„Ach, leck mich doch!" Ich war bedient. Mein Fahrrad war weg, und der blöde Köter ging mir auf den Sack. Das war echt richtig Kacke: eine Fahrradreise ohne Fahrrad. Wie sollte ich jetzt nach Heringsdorf kommen und meine Mutter eine Ansichtskarte schreiben?

Ich schulterte die Packtaschen, nahm den Zeltsack unter einen Arm, die Bananenkiste unter den anderen und stiefelte Richtung Landstraße. Heinrich blieb sitzen. Nach zehn Schritten wollte ich mich umdrehen und nachsehen, ob er nachkam, hielt aber noch zehn weitere Schritte durch, bevor ich es dann doch tat. Er lag als ein kleines schwarzes Häufchen im Schatten der Mauer und schien zu schlafen. Ich zögerte kurz, dann ging ich weiter.

Laut Googlemaps waren es noch 15 Kilometer bis nach Gorgast, wo der Campingplatz war. Ich schleppte mich an der stark befahrenen B1 entlang und mir war klar: der Deal mit meiner Oma war gelaufen. Alles war Scheiße. Ein Scheißtag, eine Scheißreise, ein Scheißleben. Nadia war weg, mein Fahrrad war weg, Heinrich war weg, und die Nummer mit Piechowski war auch irgendwie falsch gelaufen. Dabei war ich mir so obercool vorgekommen, so clever und smart. Warum lief ich immer noch weiter nach Norden? Da war das Leben auch nicht besser. Umdrehen, heimgehen. Die Autos preschten an mir vorbei. „Scheiße!“ brüllte ich. „Elender Scheißdreck! Verdammte Hurenkacke!“ Ein Lieferwagen hielt an. Ich dachte, jetzt gibt´s ordentlich was auf die Fresse, weil irgendein vollgefressenes Piechowski denkt, ich hätte ihm gemeint. Meine Oma sagt immer: „Die kleinen Sünden bestraft der liebe Gott sofort“. Und ich dachte noch, wenn ich jetzt so viel aufs Maul kriege, wie ich verdiene, dann wird´s richtig übel, da ging die Beifahrertür des Sprinters auf und eine ältere Frau sah mich mitleidig an.

„Willste mitfahren, Jungchen?“, fragte sie. Meine Fresse, war ich erleichtert. „Klar“, sagte ich, und sie stieg aus, damit ich in die Mitte zwischen ihr und dem Fahrer sitzen konnte, der einen schwarzen Anzug und ein weißes Hemd trug, was irgendwie gar nicht zu dem dreckigen Kastenwagen und zur blauen Kittelschürze der Frau passte. Ich quetschte mich an ihr vorbei und wollte gerade Platz nehmen, da fiel mir Heinrich ein. Ich hielt inne, dann schob ich mich rückwärts wieder aus der Fahrerkabine, wobei aber mein Hintern mit der blauen Frau kollidierte, die gerade einsteigen wollte und jetzt auch wieder rausklettern musste. „Was´n nu los?“, fragte sie.

„Entschuldigen Sie, ich gehe doch lieber zu Fuß, tut mir echt leid, aber mein Freund, ich meine mein Hund … Sorry, echt.“

Sie sah mich fragend an. Ihr Blick ging mir durch und durch. Als würde sie in meinem Gesicht lesen. So sah mich meine Mutter manchmal an.

„Na, dann mach´s mal gut, Jungchen. Hoffentlich kommt dein Freund bald.“

Ich setzte mich unter einen Baum am Straßenrand und wartete. Ziemlich lange. Dann muss ich wohl eingeschlafen sein. Ich wachte davon auf, dass mir die Sonne, die inzwischen schon ziemlich tief stand, ins Gesicht schien. Neben mir lag Heinrich im Schatten.

„Da bist du ja wieder“, sagte ich.

„Ja“, sagte er.

„Hast lange gebraucht“, sagte ich und streckte vorsichtig meine Hand aus, um ihn ein wenig am Hals zu kraulen. Unwillig wischte er meine Hand mit einer Vorderpfote weg.

„Na dann versuch du mal, mit so kurzen, krummen Beinen fünf Kilometer zu latschen – ohne Schatten. Mir ist sauheiß, Mann.“

Ich kramte die Plastikdose, die wir als seinen Napf benutzten, aus den Packtaschen und füllte das restliche Wasser aus meiner Trinkflasche hinein. Gierig trank er und ließ sich dabei von mir kraulen. „Gehen wir“, sagte er dann.

Als wir bei dem Campingplatz ankamen, dämmerte es schon. Es war eigentlich nur ein großer Garten um ein kleines altes Häuschen herum. Neben dem Häuschen stand ein windschiefer Holzschuppen und davor eine Hundehütte. Heinrich schielte immer wieder neugierig hinüber.

An der Haustür stand „Rezeption“. Ich klingelte. Heraus kam die Frau in der blauen Kittelschürze. „Da bist du ja, Jungchen“, sagte sie freundlich. „Und das ist wohl dein Freund?“ Sie nickte nach unten zu Heinrich, der sie mit seinem treuherzigsten Blick ansah. „Na, dann bau erst mal dahinten beim Schlehenbusch dein Zelt auf, da hast du auch einen Tisch mit Bank. Hast du Hunger? Ich habe Apfelkuchen gebacken. Magst du ein Stück?“

„Hm, wäre sehr cool“, sagte ich und drehte mich schnell um, weil ich der Frau nicht zeigen wollte, dass ich Tränen in den Augen hatte. Ich weiß nicht, aber irgendwie hatte ich im Oderbruch nah am Wasser gebaut.

Du, Ajnur ...

Was?

Denkst du manchmal darüber nach, was gewesen wäre, wenn du wirklich deine Reise abgebrochen hättest und heimgefahren wärst?

Naja, wahrscheinlich würden wir zwei dann nicht in unseren geilen Rollis im Garten dieser superfeinen Rehaklinik sitzen. Das wäre doch voll schade, oder?

Ich meine es ernst, Ajnur. Du könntest noch laufen.

Korrekt, Alter. Ich könnte noch laufen. Aber diese Reise war das Coolste, was ich je erlebt habe.

Du willst doch nicht sagen, dass es das wert war?

Ach, Digga, keine Ahnung, was irgendwas wert ist. Meine Oma hat im Flur einen altmodischen Spiegel mit so einem verschnörkelten Goldrahmen. Und oben im Eck klemmt ein Zettel, auf den sie in ihrer schönen Handschrift ein Gedicht geschrieben hat. Von Brecht, glaube ich. Und da heißt es, dass du immer neu anfangen kannst, selbst mit deinem letzten Schnaufer. Dass du aber nie das Wasser, das du in den Wein gegossen hast, wieder rausschütten kannst aus dem Wein. Das habe ich mir schon als Kind immer so ganz genau vorgestellt. Und ich habe mir gedacht, da hat er recht, der Brecht. Geht nicht. Kriegst du nie mehr raus.

Und was soll das mit uns zu tun haben?

Was es mit dir zu tun hat, weiß ich nicht. Ich weiß nur, dass ich saufroh bin, dass ich nicht aufgegeben habe. Und wer weiß, vielleicht kann man wirklich immer neu anfangen. Wer weiß, vielleicht werden wir zwei die zwei coolsten Behindis nördlich der Alpen.

Weißt du, was das ist, Ajnur? Das ist gequirlte Scheiße, sage ich dir. Gequirlte Scheiße hoch drei ist das. Neu anfangen! Du kannst vielleicht neu anfangen. Weil du jung bist. Weil du nicht ich bist. Du bist in allem das genaue Gegenteil von mir, falls du´s noch nicht gemerkt hast. Bei mir ist nichts mehr mit neu anfangen. Da hat sich´s. Endgültig.

Wieso?

Ich habe kein Wasser in den Wein geschüttet. Ich habe einen Menschen umgebracht. Das, mein Lieber, das kann man nicht mehr rückgängig machen.

Dein Unfall?

Ganz genau. Mein Unfall.

Du warst selber schuld?

Nein, ein Traktor hat mir die Vorfahrt genommen. Ist einfach rausgefahren. Die Sonne hat ihn geblendet, hat er gesagt. Ich war ziemlich schnell unterwegs, war ja eine Bundesstraße, hatte keine Chance. Bin voll auf den Hänger. Dreißig Meter durch die Luft geflogen, gegen ein Straßenschild geknallt. Unterer Lendenwirbel demoliert, unvollständige Lähmung der unteren Extremitäten. Paraparese. Here we go. Und außerdem ...

Was außerdem?

Außerdem ist jemand gestorben. Hatte wen hintendrauf.

Wer war das?

Erzähl ich dir ein andermal.

Jetzt erzähl doch, Alter. Weißt du, Heinrich sagt immer ...

Mensch, Ajnur! Verschon mich doch jetzt bloß mit deinem blöden Pinscher!

> hat der eben pinscher zu mir gesagt?

Wie kommt denn der Hund auf einmal hierher? Wieso sitzt der denn plötzlich mit am Tisch und quasselt rein?

Jetzt halt du dich doch da raus, Heinrich! Was machst du überhaupt hier? Das ist doch die ganz falsche Erzählebene, Mann!

> das kann dir doch egal sein! ich lass mich doch von deinem blöden crashtestdummy nicht in der binnenhandlung einsperren, damit er mich in aller ruhe hier in der rahmenhandlung beleidigen kann, wie es ihm gerade in den kram passt! pinscher! ha! der hat doch

keine ahnung, dieser vollhorst auf rädern! sag dem, er soll mich nie mehr pinscher nennen! nie mehr, verstehst du? sonst bin ich raus aus der geschichte.

Okay, okay! Würdest du bitte Heinrich nie mehr Pinscher nennen, Alter? Wirklich nie mehr?

Ich lass mir doch von einem Hund nicht vorschreiben, was ich wie zu schreiben habe! Ich bin hier der Erzähler, kapiert? Der hat hier überhaupt nichts zu melden in der Rahmenhandlung. Sag ihm, er soll verschwinden! Wir müssen leider draußen bleiben. Los, ab in die Binnenhandlung, wo du hingehörst! Sei ein feines Hundchen! Los jetzt, kusch! Erkennst du mich? Gerippe! Scheusal du! Erkennst du deinen Herrn und Meister?

also sag mal, ajnur! jetzt fängt der auch noch an, den faust zu zitieren. der hat ja voll einen an der waffel, der alte speziezist, der! und so einen lässt du unsere geschichte schreiben? bei dem reicht die querschnittslähmung ja bis in den frontallappen.

So, jetzt ist das aber echt mal genug hier, Herr Autor! Was für eine schwachsinnige Idee: ein sprechender Hund, der Faust zitiert! Lass uns den doch einfach streichen. Ja, war ne ganz witzige Idee, funktioniert aber nicht. Die Töle stört in einer Tour. Hunde sind im besten Fall treu ergeben, und das ist echt das Langweiligste, was es in einer Geschichte geben kann.

sag mal, ajnur, wieso darf so ein chauvinist unsere geschichte erzählen? soll ich dir was sagen, du herrenmensch? du bist zwar hier der erzähler, aber im grunde doch auch nix anderes als ein sprechender hund. ausgedacht von einem, der einfach nur eine geschichte erzählen will: einers geschichte. und wir zwei sind nur dafür da, dass diese geschichte erzählt werden kann. alles, was du freak sagst und tust und denkst, sogar dein unfall und dein toter mann, das hat der sich alles ausgedacht, damit er einers geschichte erzählen kann. hast du denn in deinem germanistikstudium gar nichts gelernt, du vollpfosten?

Ach, spiel dich doch nicht so auf, du blöder Hund! Glaubst du, ich weiß das nicht? Du bist ja echt ein ganz schlaues Hundi! Aber weißt du, ich muss diese Geschichte hier so erzählen, dass sie auch stimmt. Und das ist ein bisschen schwerer als Stöckchen zu apportieren, weißt du? So verworren, wie Ajnur das erzählt. Und dann muss ich auch noch den richtigen Ton treffen. Die richtigen Worte finden. So, dass es Ajnurs Geschichte bleibt und die, die das irgendwann lesen, trotzdem verstehen können, worum es hier eigentlich geht. Und wenn du mir ständig dazwischenfunkst, Heinrich, dann wird das nichts, verstehst du?

und worum geht es dann deiner meinung nach hier wirklich?

Ja, worum geht es hier eigentlich, Ajnur? Was ist dein Problem? Was willst du? – Ajnur? He, Ajnur? Wo bist du denn? Ach, siehst du, jetzt ist er aus seiner eigenen Geschichte abgehauen, nur weil du dich nicht an die Vereinbarungen hältst.

ha! du weißt ja selbst nicht, worum es in dieser geschichte geht, du blöder mensch! du willst sie erzählen und weißt nicht, wieso? das ist gut. das ist echt gut.

Ach, du weißt es aber, ja?

logisch.

Und?

einer will nicht einer sein.

Warum nicht?

weil einer glaubt, dass er zu schwach dafür ist.

Zu schwach wofür?

zu schwach, einer zu sein.

Hä?

zu schwach, mit dem leben klarzukommen, das ihm bestimmt ist.

Wirst du jetzt religiös, du Hund? Wer oder was bestimmt denn unser Leben? Doch wohl wir selbst, oder? Was soll denn daran so schwer sein?

machst du witze? was am leben schwer sein soll? das leben ist schwer, mein zweibeiniger freund! es ist eines der schwersten überhaupt. Ein hundeleben ist ein kinderspiel dagegen: genug zu fressen, genug bewegung, spiel und spaß, genüsslich ins gebüsch kacken, leute, die sich kümmern, ausreichend gestreichelt werden, genug liebe und sex, freunde, die du im park triffst. et voilà, that´s it.

Ach, das ist bei uns Menschen ganz genauso.

und was ist mit euren ängsten und sehnsüchten? kennst du die nicht? die zweifel und den selbsthass und die hoffnungen und träume? und die bangen fragen nach dem woher und wohin? und die nach dem sinn? wozu noch atmen? und dieser wunsch, bedeutsam zu sein, wenigstens für **einen** menschen, für einen einzigen wenigstens, beachtung zu finden, ernstgenommen zu werden? dass dir, verdammte scheiße, auch endlich mal jemand zuhört und dich ernst nimmt, gibt´s das nicht in deiner geschichte, herr erzähler?

Wisst ihr was? Das wird mir jetzt zu blöd hier. Wir beenden diesen Track jetzt. Das wird nichts mehr mit euch beiden auf einer Erzählebene. Außerdem schauen die Leute schon so komisch. Ich gehe in mein Zimmer. Und du gehst heim, Heinrich! Gute Nacht!

Gute Nacht, Ajnur!

nacht!

Track 9

Morgen, Ajnur. Was ist denn mit dir los? Du siehst ja aus wie der Tod von Forchheim.

Super Kompliment, Dicker. Bist auch keine Schönheit. Hab schlecht geschlafen. Musste immer an deinen Unfall denken. An den Hänger und das Straßenschild. Und die andere Person.

Und deswegen hast du schlecht geschlafen?

Ja, Digga. Mir tut das echt so leid für dich. Ich habe das nicht gewusst. Du erzählst ja nie etwas.

Korrekt. Und jetzt weißt du auch, warum. Ist viel besser, wenn du erzählst. Wie geht es denn jetzt weiter mit deiner supertollen Reise?

Das also ist des Pudels Kern: Du lenkst ab. Du willst meine Geschichte hören, damit sie dich von deiner ablenkt. Ich bin für dich sowas wie der Brunnen, in den die Leute reinglotzen, damit sie langsam ruhiger werden.

Und wenn schon? Was ist schlecht daran? Ich würde wirklich sehr gerne hören, wie deine Geschichte weitergeht, Ajnur. Sei so gut! Erzähl!

Also gut. Weil du´s bist, Digga.

Der „Heidehof Helene“ war der beste Übernachtungsort, den ich bisher gefunden hatte. Heinrich und ich waren die einzigen Gäste in dem großen Garten, in dessen Mitte ein kleines Wohnhaus stand. Hier wohnte Helene. Habe ich ja schon erzählt.

Wir hatten gerade unser Zelt neben einer Sitzgruppe aus Holz aufgebaut, da kam sie mit einer Tasse Kaffee und dem Apfelkuchen an.

„Lass es dir schmecken", sagte sie und stellte Tasse und Teller auf den Tisch. Und mit einem Blick auf meine Fahrradtaschen und die leere Alditüte neben mir auf der Bank, in der ich Zelt und Isomatte transportierte: „Komisches Gepäck für einen Tramper. Weißte, ich bin ja früher auch getrampt. Aber ich hatte einen Rucksack. Scheint mir auch praktischer zu sein."

Ich erzählte ihr, während ich den unglaublich leckeren Apfelkuchen aß, von meinem geklauten Fahrrad und von meiner Begegnung mit Herrn Piechowski. Sie setzte sich neben mich und hörte zu. Eine Wespe versuchte immer wieder, auf meinem Kuchenstück zu landen und sich ein Stück von der süßen Apfelmatsche zu holen. Ich verscheuchte sie mit meiner Gabel, aber sie flog nur kurz auf, um gleich wieder einen neuen Angriff zu fliegen. Schließlich kam eine zweite Wespe hinzu. Hektisch wedelte ich mit der Gabel und kam gar nicht mehr zum Essen. Helene nahm mit zwei spitzen Fingern ein kleines Stück Apfel von meinem Teller und legte es an den Rand des Tisches. Dann wischte sie mit der flachen Hand langsam über meinen Teller. Die Wespen flogen auf und landeten bei dem einzelnen Stück am Rand des Tisches. Ich konnte endlich in Ruhe weitererzählen und essen.

„Meine Fresse, der Walther", sagte sie schließlich und schüttelte den Kopf. Früher war er Brigadeführer in der LPG und heute reicht seine Rente nicht zum Leben und nicht zum Sterben. Deshalb stockt er als Aushilfsgärtner auf, damit er sich am Abend das Bier in der Kneipe leisten und große Reden schwingen kann. Der redet viel dummes Zeug, wenn der Tag lang ist, und für den ist jeder Tag lang.

Ist aber harmlos. Das mit deinem Fahrrad ist ja echt blöd. Was hast´n jetzt vor?"

Ich warf den letzten Bissen vom Kuchen Heinrich zu, der vor einem Lavendelbusch lag und versonnen die Bienen beobachtete, die darin herumwuselten. Er schnupperte kurz daran, verschlang den Brocken mit einem schnellen, sachlichen Happs, leckte sich sorgfältig über die Schnauze, legte den Kopf auf die gekreuzten Pfoten und blinzelte unter schweren Lidern wieder zu den Bienen hinüber.

„Keine Ahnung", gab ich zu. „Echt null Ahnung. Und eigentlich habe ich auch keinen Bock mehr auf diese komische Reise. Ich glaube, das war´s jetzt."

„Wie lange bist´n schon unterwegs?"

Ich dachte kurz nach: „Heute ist der zehnte Tag."

„Und jeden Tag auf´m Rad? Und immer allein?"

„Naja", sagte ich, „bis auf den da", und deutete auf Heinrich.

„Hmmhmm", sagte sie. „Dein Freund, was?"

„Ja", sagte ich und sah zu ihm hinüber. Er hob leicht die Augenbrauen, wandte aber den Blick nicht von den Bienen ab, die jetzt vor seiner Nase herumsummten.

Sie schwieg. Ich wusste auch nicht, was ich sagen sollte, wollte aber nicht, dass sie aufsteht und weggeht und macht, was sie wahrscheinlich so machen muss als Campingplatzbesitzerin. Ich wusste eigentlich gar nichts mehr. Ich war fertig mit der Welt, und hier zu sitzen und nicht alleine sein zu müssen, war sicher das Beste, was es gerade für mich gab.

„Ich habe da vielleicht eine Idee", sagte sie schließlich. „Der Martin", der Typ von vorhin im schwarzen Anzug, der mit dem Sprinter, der richtet gerade mit ein paar anderen Leuten einen alten Gutshof in der Gegend wieder her. Die wollen da so ein Wohnprojekt machen und ein Café und irgendwas mit Kultur. Ein Haufen Spinner, aber mir soll´s ja recht sein. Platz haben die genug in der alten Bruchbude. Und brauchen auch immer Leute, die mithelfen. Was ist, soll ich den mal anrufen? Dem fällt vielleicht was ein, dem Martin, was er mit dir anfangen kann. Der war mal katholischer Priester. Ist aber sonst ganz in Ordnung."

Eine Viertelstunde später saß ich auf Helenes viel zu kleinem, klapprigen Damenrad und strampelte im Gegenwind an der alten Oder entlang zu dem Gutshof. Heinrich hatte sich mit dem alten Schäferhund angefreundet, der träge aus seiner Hütte hervorgekrochen kam, als ich mit Helene zum Haus gegangen war. Die beiden lagen jetzt gemeinsam im Gras und reflektierten über das Unbehagen an der Zivilisation im Allgemeinen und das Verhältnis von Hund und Mensch im Besonderen. Heinrich hatte mir kurz zu verstehen gegeben, dass er nicht gestört werden wollte, und so hatte ich mich alleine auf den Weg gemacht.

Eine hölzerne Brücke führte über einen Nebenarm der Oder zu dem alten Gutshof, der aus der Ferne richtig imposant aussah. Eine breite steinerne Treppe führte zur herrschaftlichen Eingangstür. Als ich näherkam, sah ich, dass die Treppe schon sehr marode war. Große Brocken waren aus den Stufen und der Brüstung gebrochen, rostiges Eisen stand hervor, aus den Rissen und Mauerlücken wuchs Gestrüpp.

Vorsichtig, um nicht noch mehr kaputtzumachen, lehnte ich das Rad an die Hausmauer, stieg die Treppe hoch und suchte nach einer Türklingel. Natürlich vergeblich. Inzwischen war es schon ziemlich dunkel, und finstere Wolken bedeckten den Abendhimmel. Aus der Ferne war leises Donnergrollen zu hören.

„Hallo?“, rief ich, „ist da jemand?“. Das war blöd. Aber ich hatte keine Ahnung, was ich sonst rufen sollte. Ich wusste nicht einmal, wie der Typ richtig hieß. Ich konnte ja schlecht „Hey, Martin!“ schreien. Oder wie redet man denn einen ehemaligen Priester an? Exhochwürden? Pope a.D.? Also klopfte ich fest gegen die hölzerne Tür. Drinnen hallte es, als befände sich hinter der Tür ein riesiger, kahler Saal. Irgendwie war mir nicht wohl hier, und wenn ich vor dem Gewitter am Zelt sein wollte, musste ich sicher bald losfahren. Und ich konnte ja auch morgen nochmal kommen. Da hörte ich von drinnen schlurfende Schritte. Mit einem Quietschen wurde die Klinke nach unten gedrückt und jemand rüttelte von drin wie verrückt an der Tür. Ich hörte verhaltenes Stöhnen. Mir gefiel das nicht. Nein, das gefiel mir ganz und gar nicht. Was war da los, verdammte Kacke? Das war hier wie irgendein verschissener Horrorfilm. Ich war echt nicht aufgelegt für so einen Scheiß. **Schreckliches Gesicht! Weh, ich ertrag dich nicht!** Plötzlich schwang der Tür mit ein laute Krachen auf und ein unterdrückt Schrei ertönte aus dem Dunkel dahinter: „Mist! Diese Dreckstür! Morgen muss ich die unbedingt richten.“ Und heraus hüpfte auf einem Bein: Piechowski. Nein, das konnte nicht sein. War auch nicht so. Es war der Typ im schwarzen Anzug von vorhin, nur steckte er jetzt im gleichen Blaumann wie Piechowski. An den Füßen hatte er Flipflops und hielt sich den rechten großen Zeh, den offenbar die Tür erwischt hatte. Er hopste ein wenig nach vorne ins Licht und lehnte sich dann, um das Gleichgewicht nicht zu verlieren, an den steinernen Türrahmen. „Ich fürchte, wenn ich irgendwann dieses Haus hergerichtet habe, wird es mich zur Ruine gemacht haben. Ich bin Martin. Martin Mörsch. Und du bist sicher Ajnur." Und er ließ kurz seinen Fuß los, um mir die Hand zu geben. Ich nahm sie zögerlich.

„Stimmt, ich bin Ajnur. Schön, Sie kennenzulernen. Helene schickt mich. Sie meint, Sie hätten vielleicht Arbeit und Unterkunft für mich." Das hatte ich mir auf dem Weg hierher so zurechtgelegt. Das mache ich ganz gerne so, wenn ich mit Erwachsenen reden muss. Dann trau ich mich eher. Damit ich keinen Scheiß verzapfe. **Allein der Vortrag macht des Redners Glück.**

„Na, dann komm doch rein", sagte Martin, „und sag Martin zu mir, das ist mir lieber. Ich zeig dir mal das Haus. Vielleicht finden wir zusammen auch ein Zimmer, wo du schlafen kannst. Aber ein Sternehotel ist das hier nicht, das sage ich dir gleich. Und wir werden von früh bis spät arbeiten. Ist dir das recht?"

Mir war das sehr recht. Hauptsache, ich musste nicht weiter Fahrrad fahren – noch dazu ohne Fahrrad. Mir war danach, irgendwo zu bleiben, wo andere Menschen sind. Und das Haus wirkte von innen gar nicht mehr so horrorfilmmäßig düster. Es gab viele Fenster und viele Räume, manche von ihnen voller Gerümpel und Müll, einige waren völlig kahl und leer, in anderen standen uralte, kaputte Schulmöbel. Besonders gut gefiel mir ein recht großes Zimmer mit drei Fenstern, in dem ein riesiger alter Schreibtisch stand.

Martin bemerkte mein Zögern: „Im Winter würde ich dir

den Raum hier nicht empfehlen, den kriegst du niemals geheizt. Aber jetzt im Sommer kannst du´s hier ganz nett haben. Wann kannst du morgen hier sein?"

Wir vereinbarten zehn Uhr am nächsten Morgen. „Aber ich habe einen Hund", fiel mir zuletzt noch ein. „Weiß ich doch", sagte Martin und streckte mir zum Abschied wieder die Hand hin. „Dein Freund. Bring ihn ruhig mit!" Dann warf er Helenes Fahrrad in den Sprinter und fuhr mich durch das Gewitter, das jetzt mit Blitz und Donner richtig loslegte, zurück zum Campingplatz. Er wolle sowieso noch Helene besuchen.

Als ich am Zelt ankam, war es stockdunkle Nacht. Es regnete in Strömen, und Heinrich lag bereits auf der Isomatte. Ich zog mich aus, patschte die nassen Klamotten in die Alditüte und legte mich neben ihn.

„Ich habe ein Zimmer für uns gefunden. Und Arbeit," sagte ich in die Schwärze neben mir, aus der zwei Augen leuchteten. „Gut", sagte Heinrich. „Das hast du gut gemacht, Digga." Dann schliefen wir ein.

Track 10

Gleich am nächsten Morgen rief ich meine Mutter an, schwärmte ihr vor, wie gut es mir ginge und dass wir einen superguten Ort gefunden hätten, wo wir etwas Sinnvolles arbeiten könnten, zusammen mit netten Menschen, und deshalb würde sich unsere Reise vielleicht ein wenig verlängern. Und ich war unheimlich froh, dass ich überhaupt nicht lügen musste: „Alles gut, Mama. Ja, wir verstehen uns immer noch prima."

Heinrich, der nach dem Frühstück noch ein wenig im Gras döste, sprang neben mich auf die Bank und sah mich mit schief gelegtem Kopf an. Ich gab ihm Zeichen, jetzt bloß nichts zu sagen. Das könnte meine Mutter nur beunruhigen.

„Ja, wir lernen jede Menge nette Leute kennen. Ja, klar, ich esse genug. Also dann, mach´s gut, Mama. Ja, ich dich auch, Mama."

Als ich das Handy wieder einsteckte, sah mich Heinrich immer noch mit diesem schrägen Blick an.

„Was?", fragte ich.

„Nix", sagte er.

„Ich habe nicht gelogen", erklärte ich.

„Nein, überhaupt nicht", sagte er.

„Leck mich", sagte ich.

Als ich zum Toilettenhäuschen ging, sah ich, dass Martins Sprinter noch dastand. Es wunderte mich nicht.

Nachdem ich das Zelt zusammengepackt und meine Sachen in den Taschen verstaut hatte, klingelte ich an Helenes Tür. Martin öffnete fast im gleichen Moment. Er hatte eine

Tasse in der Hand und sah gut gelaunt aus. Bisher hatte ich ihn noch gar nicht richtig im Licht gesehen. Er war etwas größer als ich und viel breiter und trug jetzt Jeans und ein ausgewaschenes schwarzes T-Shirt mit einem bunten Aufdruck „Wacken 2012“, unter dem sich ein stattlicher Bauch wölbte. Offenbar hatte er bei Helene Kleider im Schrank. Die schütteren grauen Haare hatte er zu einem dünnen Pferdeschwanz gebunden. Sie waren nass. Irgendwie sah er für mich nicht aus wie ein Priester, sondern eher wie einer, der tagsüber hart arbeitet, Betonbauer oder Möbelpacker oder sowas, und nachts durch die Kneipen zieht.

„Hast du schon gefrühstückt? Willst du noch einen Kaffee trinken?“, fragte er, als wäre er hier zu Hause.

„Nein danke, ich habe schon gefrühstückt“, sagte ich. „Ich habe ja alles dabei.“

„Du bist top ausgerüstet“, stellte er fest. „Das ist gut. Bist du schon fertig? Dann lass uns mal fahren. Wir haben viel vor heute.“

Diese kleine Wörtchen „wir“, dieses beschissene kleine Personalpronomen, tat mir echt gut.

„Helene!“, rief er im Flur nach oben, „wir fahren dann mal.“

Ich hörte, wie oben eine Tür ging, und Helene kam im Morgenmantel auf nackten Füßen die Treppe herunter. Sie küsste ihm auf den Mund. „Bis die Tage, Martin“, sagte sie. Und: „Bis die Tage, Ajnur. Mach´s gut und lass dich nicht zu sehr ausbeuten von diesem Sklaventreiber!“

Im Auto fragte ich Martin: „Lebst du alleine in dem großen Haus?“

„Wie man´s nimmt“, antwortete er. „Wir sind fünfzehn

Leute in einer Genossenschaft, die es zusammen wieder herrichten und als Mehrgenerationenwohnprojekt nutzen wollen. Aber ich bin der Einzige, der jetzt schon dauerhaft darin wohnt. Die anderen kommen immer, wenn sie Zeit haben."

„Und du? Hast du immer Zeit? Für einen Rentner bist du zu jung."

„Ich bin freier Redner. Ich mache hauptsächlich Trauerfeiern für Menschen, die mit der Kirche nichts zu tun haben, aber trotzdem mit einer guten Zeremonie Abschied nehmen wollen, die irgendwie dem Leben und dem Tod gerecht wird. Außerdem mache ich auch Hochzeiten. Aber hauptsächlich Trauerfeiern. Deshalb auch der schwarze Anzug gestern."

„Und davon kann man leben?"

„Ja, geht schon. Es ist wie mit allem: Wenn du etwas wirklich gerne machst und es ernsthaft betreibst, so gut du es kannst, dann wird es auch was. Das ist wie mit dem alten Haus. Man muss sich mit allem, was man hat, in die Arbeit stürzen. Ohne Angst und ohne Zaudern." Die letzten Worte hatte er fast schreien müssen, weil der Transporter mit lautem Getöse über grobes Kopfsteinpflaster schepperte.

„Weißt du, dieses Haus macht mir manchmal echt Angst. Es ist sehr alt und sehr groß und sehr kaputt. Aber ich habe gelernt, dass man sich auf Projekte stürzen muss, die größer sind, als man selbst. Dann bekommt man von irgendwoher auch die Kraft, sie zu bewältigen."

Ich dachte: „Ach du heilige Scheiße, und diese Kraft bin jetzt ich oder was!", sagte es aber nicht.

Er sah mich von der Seite an, während der Transporter

in einen Affenzahn in den unbefestigten Weg einbog, der zum Haus führte, und lachte schallend: „Jaja, du hast schon recht. Du und dein Hund, ihr beide kommt wie gerufen."

„What the fuck", dachte ich, „der Typ kann ja Gedanken lesen."

Dann waren wir da. Der Lärm des Diesels erstarb, und es war still um uns.

Wir blieben fast eine Woche im Gut Gorgast, Heinrich und ich. Der erste Tag verging damit, dass ich meinem Zimmer bewohnbar machte. So eine Schufterei! Was mir am Abend vorher im Schein der Taschenlampe entgangen war: In einer Ecke lagen alte Waschbecken, Kloschüsseln und Leitungsrohre auf einem Haufen. Darüber waren alte Teppiche drapiert. Das Ganze sah irgendwie aus wie eine postapokalyptische Landschaft. Ich machte ein Foto und nannte es in Gedanken „Wohnlandschaft". Einen kleineren Teppich, der noch ganz gut aussah, hatte Heinrich sich ausgesucht. Also schleppte ich ihn raus, hängte ihn über eine Wäschestange, suchte mir einen Teppichklopfer und bearbeitete ihn damit. Das Geräusch erinnerte mich an zu Hause, an den Hof hinter unserer Mietskaserne. Einmal im Monat schleppte meine Mutter tatsächlich alle Teppiche nach unten und klopfte sie aus. Das hatte sie in ihrer Kindheit so gelernt. Und jetzt machte ich das so, weil ich es in meiner Kindheit gelernt hatte. Das schien mir irgendwie ganz sinnvoll: Ich habe etwas von meiner Mutter gelernt, und die hat es von ihrer Mutter gelernt und die von ihrer und so weiter. Und deswegen kriegt Heinrich jetzt einen einigermaßen sauberen Teppich, auf dem er schlafen kann, ohne dass er sich die Krätze holt. Und dann dachte ich, während ich weiter auf den Teppich eindrosch, das ist doch irgendwie voll komisch, dass ich von meinem Vater so gar nichts Sinnvolles gelernt habe. Außer Saufen und Rauchen und wütend werden. Wobei, das Rauchen hatte ich mir ja jetzt selbst beigebracht, und mit Saufen hatte ich überhaupt nichts am Hut. Nach meiner Erfahrung fühlt sich die Welt noch viel schlimmer an, wenn man besoffen ist. Das brauche ich echt nicht. Vielleicht hat ja mein Alter von seinem Alten auch nichts anderes gelernt. Und der von seinem. Und der von seinem. Nix wie Dummheit und Gewalt. Das ist es, was die Väter ihren Söhnen mitgeben. Und wenn es hart wird, einfach abhauen. **Wenn du als Jüngling deinen Vater ehrst, so wirst du gern von ihm empfangen.** Was für ein Scheißdreck!

„It´s a man´s man´s man´s world", sang ich und prügelte dem Drecksteppich, was ich konnte.

Dann machte ich mich daran, das Gerümpel nach draußen zu schaffen. „Hinter dem Haus steht eine Mulde. Da kannst du das Zeug reinschmeißen", hatte Martin erklärt. Verdammte Kacke, dachte ich, was weiß ich, was ein Mulde ist, und schleppte die erste Kloschüssel ums Haus herum. Eine Vertiefung im Boden? War da aber nix. Ich wollte nicht noch einmal zurückgehen und fragen, um meine Ahnungslosigkeit nicht zu zeigen, schließlich war ich ja sozusagen als Bauhelfer angestellt. Und mir schien, ein Bauhelfer müsse unbedingt wissen, was eine Mulde ist. Nur ein großer Stahlcontainer stand da. Ich schaute rein: alte Fenster, Steine, Eisenzeugs. Okay, das war bestimmt die Mulde. Scheiße, aber wie sollte ich dem schweren Kloschüssel über den hohen Rand da rein hieven? Ich versuchte, ihm zumindest bis zum Rand hochzuwuchten, merkte aber, als ich sie verkrampft auf meiner Brust festhielt, dass das nicht zu schaffen war. Fallenlassen ging aber auch nicht mehr, sonst wäre sie mir auf den Fuß gefallen. Absetzen konnte ich sie auch nicht, sonst wäre mir das Kreuz abgebrochen. „Jetzt hilf mir doch mal“, ächzte ich Heinrich zu, der mir interessiert zusah. Langsam wandte er mir den Kopf zu, sah mich nachdenklich an und sagte dann: **„Wir arme Hund, ich glaub, wenn wir in Himmel kämen, so müssten wir donnern helfen.“** Dann machte er schnell einen Satz zur Seite, weil mir die Kloschüssel aus den Händen gefallen war und genau dort einschlug, wo er gesessen war. „Ups“, sagte er und dackelte hocherhobenen Hauptes davon. Ich pack´s nicht, Alter. Mein Hund zitiert jetzt auch noch Georg Büchner. Den hat´s ja echt voll erwischt mit dieser Literaturscheiße.

„Mensch Ajnur, sag doch was“, rief Martin und kam um die Ecke, ein große Rohrzange in der Hand. „Niemals schwere Lasten alleine heben, merke dir das! Du bist hier nicht versichert. Wenn dir etwas passiert, sind wir beide am Arsch. Schmeiß alles hier neben die Mulde, ich komme nachher und wir werfen es gemeinsam rein. Klar?“

„Klar“, sagte ich und nahm mir vor, mich daran zu halten.

So vergingen die Tage mit Arbeit. Ich schleppte Gerümpel aus dem Haus, riss Tapetenreste herunter, klopfte den alten Putz von den Wänden, montierte die Wasserleitungen von der Wand ab. Im Obergeschoss war ein Teil der Decke heruntergebrochen. Wir warfen die Steine und Balken einfach aus dem Fenster.

Am Abend sah ich aus wie ein Schwein, war hundemüde,

jeder Knochen im Leib tat mir weh und ich fühlte mich großartig.

Im Keller stand in einem riesigen Gewölbe eine alte Badewanne an der Wand. Oben drüber hatte Martin eine Superluxusregendusche montiert. Dort wusch ich mir den Dreck vom Leib und zog mir dann in meinem Zimmer frische Klamotten an. Ich kam mir dabei vor wie ein Bergmann, der von der Schicht nachhause kommt. Kein schlechtes Gefühl. Mein Zimmer hatte ich von Spinnweben befreit, den Boden gefegt und geschrubbt, von einem Haufen Matratzen im Keller die beste herausgesucht, ausgeklopft und mit einem Laken von Helene bezogen. Zusammen mit meinem Schlafsack war das ein sehr bequemes Bett. Auf den Schreibtisch hatte ich mein Notizbuch mit den Gedichten gelegt, einen Stift daneben. Klamotten und Waschzeug hatte ich auf ein Regal, das aus Steinen und Brettern bestand, drapiert. Meine erste eigene Wohnung. Gar nicht schlecht. **Hier bin ich Mensch, hier darf ich`s sein.**

Am ersten Abend saß ich frisch gewaschen mit Martin am Tisch vor dem Haus. Wir hatten uns mit Brot und Käse richtig vollgefressen. Noch nie hat mir Käsebrot so gut geschmeckt. Martin öffnete die zweite Runde Bier. Voll komisch: zu Hause mochte ich gar kein Bier. Hier fand ich es auf einmal köstlich.

Die Abendsonne war schon hinter den riesigen alten Eichen im Garten verschwunden, der Himmel hatte sich rötlich gefärbt. Die Grillen zirpten wie verrückt und übertönten das Rauschen der Blätter im Wind. Dazwischen rief immer wieder ein Kuckuck. Ich holte schnell mein Handy und nahm das auf.

„Was tust du da?", fragte Martin. Etwas verlegen erzählte ich ihm von meinen musikalischen Experimenten.

„Darf ich mal was hören?", fragte er. „Ne, lieber nicht", sagte ich. Das war doch etwas anderes als bei Paul. Einem Erwachsenen, noch dazu einem ehemaligen Priester, wollte ich das nicht antun.

„Schade, sagte er. Vielleicht ja ein andermal." – „Ja, vielleicht", sagte ich. Und um abzulenken: „Du warst Priester? So richtig mit Heiliger Messe und Zölibat und so?" – „Hmm", sagte er. „Vielleicht erzähle ich dir ein andermal davon."

Ich nahm einen tiefen Zug von meiner Bierflasche. Dann suchte ich auf dem Handy die Mp3-Datei mit der „Ballade des äußeren Lebens", drehte die Lautstärke voll auf, legte das Handy zwischen uns auf den Tisch und drückte auf Play. In das Gezirpe der Grillen im Garten mischte sich jetzt der Gesang ihrer Nürnberger Kollegen an der Pegnitz. Dann schob sich das Schlagzeug davor und der Bass, der zunächst monoton immer die gleiche Phrase wiederholte. Ich kratzte mit dem Fingernagel auf der Tischplatte herum, betaste eine Blase, die sich an meiner rechten Hand gebildet hatte, schlug nach einer Stechmücke, die sich gerade an meinem Oberarm bediente. Als der Gesang einsetzte, hielt ich es nicht mehr aus und stand auf.

„Wo gehst du hin?", fragte Martin.

„Auf's Klo", sagte ich. **„Wenn einem die Natur kommt, Herr Doktor."**

Aber er hörte gar nicht hin, sondern sah in die Ferne.

Als ich wiederkam, war der Track zu Ende. Martin sagte: **„Er hat an die Wand gepisst."**

Ich musste lachen. „Nene, an ´nen Baum. Habe ich von Heinrich gelernt."

„Und von wem hast du gelernt so zu singen?"

„Gar nicht", gab ich zu. „Das kommt einfach so aus mir raus. Ich hab´s ja auch anders versucht. Aber irgendwie geht das nur so. Ich weiß schon, das klingt total komisch. Lächerlich. Gar nicht wie ein Mann."

„Scher dich nicht darum, was die anderen für männlich oder für unmännlich halten, Ajnur! Du musst das unbedingt weiterentwickeln. Das ist ganz besonders."

„Echt jetzt?"

„Echt. In deiner Musik höre ich die Trauer, die in dem Text steckt. Und in dir. Der Song erinnert mich total an einen meiner Klienten, der gar nicht mehr weiterweiß, weil jemand gestorben ist, den er liebt. Das, was du da machst, Ajnur, das ist nicht schön. Aber es ist echt und wahr."

Wir saßen eine Weile schweigend da und hörten den Brandenburger Grillen zu, die ihren Schrecken überwunden hatten. Ich dachte darüber nach, was er gesagt hatte. Nicht schön. OK, das war mir schon klar. Aber dass er es als echt und wahrhaftig ansah, das freute mich. Das freute mich sehr. Das freute mich so, dass ich aufstehen und herumspringen hätte können. Machte ich aber nicht. Stattdessen drehte ich mir eine Zigarette. Ich zündete sie an, inhalierte den Rauch, inzwischen konnte ich das schon sehr routiniert, und dann fragte ich Martin:

„Und du? Wieso bist du kein Priester mehr?"

Er griff nach meinem Tabakpäckchen. „Darf ich? Hab´s mir abgewöhnt. Ich könnte jetzt sagen: Weil ich mich in Helene verliebt habe und mit ihr zusammen sein will. Aber das ist nur die halbe Wahrheit. An der anderen Hälfte arbeite ich selber noch. Eigentlich glaube ich, dass ich nicht mehr Teil dieser Kirche sein kann."

„Wegen dieser ganzen Missbrauchsfälle?", fragte ich. Meinst du das?"

„Ja", sagte er. „Auch. Manchmal habe ich da schon das Gefühl, Mitglied in einer kriminellen Vereinigung zu sein. Aber das geht tiefer. Mich stoßen die Machtstrukturen ab. Es widert mich an, wie wichtig und bedeutend sich all diese Männer fühlen. Und ich spüre überhaupt nicht mehr, was dieser ganze Bombast eigentlich mit Jesus zu tun haben soll und mit dem, was er gewollt hat. Sofern heute irgendwer noch wissen kann, was er wirklich gewollt hat. Ich weiß nicht, ob ich diese Kirche überhaupt noch will. Zumal sie mich ja auch nicht mehr will, wenn Helene und ich demnächst heiraten. Dann werde ich exkommuniziert, also aus der kirchlichen Gemeinschaft rausgeworfen. Es sei denn, ich beantrage die Entlassung aus dem Klerikerstand, die mir der Vatikan dann gnadenweise erteilt. „Abgestürzt" nennt man einen wie mich. Weil ich mich zur Liebe bekenne. Aber worum geht es denn im Leben, wenn nicht um Liebe? Und was hat Jesus denn gepredigt, wenn nicht die Liebe. Ich kann einfach dieses miefige Milieu von alten unbeweibten Männern nicht mehr ertragen, es bereitet mir körperliches Unwohlsein. Außerdem glaube ich, dass diese Kirche keine Zukunft hat." Er zog an seiner Zigarette, die schon halb heruntergebrannt war, und blies den Rauch mit einem tiefen Seufzer in den inzwischen dunklen Abendhimmel.

„Und jetzt?“, fragte ich. „Ich meine, ist das nicht total schlimm für dich? Das war doch mal dein Leben.“

„Ja“, sagte er, „da hast du schon recht. Aber ich zeige dir was. Komm mit, wir machen einen kleinen Spaziergang.“

Wir gingen durch den Garten, der vom Mond in ein fahles Licht getaucht wurde. Hier und da sah ich Glühwürmchen herumfliegen. Das sah sehr hübsch aus. Ich stolperte in der Dunkelheit über eine Baumwurzel und hätte mich fast auf die Fresse gelegt. Aber Martin ging sehr sicher auf dem schmalen Weg voraus, der nur ein blasser, dünner Streifen in der Finsternis des nächtlichen Waldes war. Schließlich blieb er auf einer kleinen Lichtung stehen und deutete auf ein mickriges Bäumchen vor uns.

„Schau dir diesen Baum genau an“, sagte er. „Fällt dir was auf?“

„Ne, sagte ich, „ich sehe gar nichts. Ich mach mal Licht.“ Und ich wollte mein Handy rausholen, aber er sagte mir, ich solle das bleibenlassen, meine Augen würden sich schon an die Dunkelheit gewöhnen, und ich solle meine Hände zu Hilfe nehmen. Also betastete ich den Baum, der aus einem Stein zu wachsen schien. Dieser Stein war rund, etwa einen Meter im Durchmesser, und mit Moos bewachsen. In der Mitte hatte er eine Vertiefung, in der niedriges Gestrüpp wuchs. Das mickrige Stämmchen, das ziemlich krumm aus dem Rand des Steins hervorwuchs, war etwa drei Meter hoch.

„Diese Buche“, erklärte Martin, „ist viele Hundert Jahre alt. Irgendwann ist sie gestorben und umgefallen. Warum auch immer. Was du hier siehst, dieser moosbewachsene Kreis, das ist der Rest ihres Stammes. Darunter ist das riesige Wurzelgeflecht, das mit den Wurzeln der anderen Buchen hier im Wald verbunden ist. Das lebt. Und daraus wächst dieser neue Baum hier. Er ist nicht besonders beeindruckend. Das gebe ich zu. Aber er ist die alte Buche, die abgestorben ist und sich erneuert hat. Das ist meine Hoffnung, Ajnur. Dass aus dem, was stirbt, etwas Neues wächst. Dafür habe ich mich mit anderen zusammengetan und renoviere mit ihnen dieses Haus. Dafür werde ich Helene heiraten. Und dafür bist du jetzt hier und hilfst mir. Das gehört alles zusammen."

„Das gehört alles zusammen". Diesen Satz wiederholte ich in Gedanken immer wieder, als wir zurückgingen. Der Weg war jetzt leichter zu finden, weil der Himmel sich aufgeklart hatte und der Mond heller schien. Wie ein rundes Fenster, hinter dem sich ein hell erleuchteter Saal befindet, stand er am Nachthimmel.

„Mondlicht", sagte ich.

„Was?", fragte Martin.

„Mondlicht", sagte ich wieder. „Mein Name. Ajnur. Ajnur heißt Mondlicht. Und so werde ich mein erstes Album nennen: Mondlicht."

„Mondlicht", sagte er. Das ist gut.

Track 11

Hey, Ajnur!

Moin, Digga! Alles gut bei dir?

Meine Fresse, ist heute Floskeltag? Nein, bei mir ist nicht alles gut.

Ups, da hat aber einer schlechte Laune. Kann ich dich aufheitern?

Ja, kannst du. Das Notizbuch mit deinen Gedichten – gibt´s das noch?

Klar, hier ist es. Hab ich immer in der Arschtasche. Ist ja nur so ein dünnes Heftchen.

Lies mir eins vor!

Echt jetzt?

Klar.

Hm … also, pass auf! Ein ganz kurzes, dafür gereimt:

> Ein Mensch lebt und einer ist tot.
> Ein Kind wird geboren und eins stirbt in Not.
> Wo kommen wir her? Wo gehen wir hin?
> Und was wirst du tun, wenn ich nicht mehr bin?

Ist das neu?

Ist schon ´ne Weile her.

Und wer ist das Du?

Ali natürlich. Und meine Mutter.

Hattest du vor, dich umzubringen?

Klar. Du nicht?

Und jetzt?

Jetzt will ich leben.

Und wieso?

Ach, man gewöhnt sich an alles. Sogar an den fucking Rollstuhl und den Dreckskatheter. Außerdem habe ich ja genug Zeit zum Nachdenken.

Und worüber hast du nachgedacht?

Darüber, was wichtig ist. Was mir wichtig ist. Und dass ich das auch als Freak im Rollstuhl haben kann.

Hat das was mit deiner Reise zu tun?

Ja klar, Alter. Was denkst du denn. Und auch mit der Woche im Gut Gorgast bei Martin und Helene. Ich glaube, ich habe mich noch nirgends so wohl gefühlt wie in diesem baufälligen alten Gutshof. Die Mulde hinter dem Haus füllte sich mit allem möglichen Schutt, den wir rausschleppten. Die ersten Tage kam ich morgens kaum von meiner Matratze hoch vor lauter Muskelkater. Nach einiger Zeit wurde das besser und ich hatte das Gefühl, vor lauter Muskeln und Kraft kaum gehen zu können. Dabei war ich natürlich genauso ein Spargeltarzan wie vorher. Aber ich führte das Leben eines körperlich hart arbeitenden Mannes und das gefiel mir nicht schlecht. Und Martin gab mir das Gefühl, dass er mit mir und meiner Arbeit zufrieden war. Zwar sagte er das nie, aber die Art, wie er mich ansah und mir ab und zu auf die Schulter klopfte, wenn wir zusammen irgendein schweres Teil in die Mulde gewuchtet hatten, tat mir gut. Abends sank ich meistens vor zehn völlig fertig auf meine Matratze und schlief im selben Moment ein, bis mich im Morgengrauen Heinrich aufweckte, weil er pissen musste und die Elstern aufmischen wollte, die im taufeuchten Garten Würmer frühstückten. Dann kam Ali.

Es muss der vierte oder fünfte Tag in Gorgast gewesen sein. Martin war gegen Mittag nach Schwedt gefahren, weil er dort eine Trauerfeier hatte, und wollte von dort weiter zu seinem Bruder nach Ueckermünde. Abends wollte er wieder zurück sein. War er aber nicht. Also saß ich mit Heinrich alleine vor dem Haus, wir aßen Käsebrote und diskutierten wieder einmal über den anthropogenen Klimawandel und die politischen Konsequenzen daraus. Als Heinrich sich immer mehr ereiferte und über die Grünen schimpfte, die seiner Meinung nach viel zu lasch wären, „die kann man doch auf keinen Fall wählen, diese Weicheier, du würdest die natürlich glatt wählen. Da frag mal die Tiere, Alter, was die davon halten, dass CDU und FDP denen den Kohleausstieg `idealerweise´ 2030 in den Koalitionsvertrag diktiert haben, frag mal die Eisbären, Alter!“, da reichte es mir irgendwann und ich stand auf, ächzend wie ein Tattergreis, weil mir der Rücken weh tat.

„Weißt du was, Heinrich? Ich gehe mal duschen.“

„Ja, Einer, besser ist das wohl“, antwortete er ungnädig und widmete sich wieder laut schmatzend seinem Käsebrot. „Stinkst ja schlimmer als mein Limburger hier“, nuschelte er noch mit vollen Backen.

„Leck mich, Heinrich“, sagte ich und griff mir Geschirr, Brot und Käse, um es in die Küche zu bringen.

„Ne, lieber nicht, rief er mir nach. „Da verderb ich mir nur den Appetit.“

„Hund! Abscheuliches Unthier!“, sagte ich leise im Gehen.

„Ich habe das gehört!“, rief Heinrich. „Ich habe das genau gehört. Du hast schon wieder Goethe zitiert, diesen speziezistischen Hundehasser."

„Was? Wen?", fragte ich und dreht mich noch einmal um. Die Töle kannte Worte, Alter, du machst dir keine Begriffe.

„Ey, informier dich mal ein bisschen, Wala!" Heinrich war richtig in Fahrt: „Speziezismus? Ne? Nie gehört?" Ich balancierte etwas unsicher das Geschirr in beiden Händen und sah ihn unschlüssig an.

„Aber was Rassismus ist, weißt du schon, oder?"

Jetzt hatte er mich so weit. Schnauze voll.

„Rassismus? Ne. Nie gehört. Weißt du, du dämliches Arschgesicht, ich bin doch bloß so´n doofer Kanacke aus Bosnien. Einer von denen. Und es hat noch keinen Tag gegeben, solange ich in Deutschland lebe, wo mir das nicht bewusst war. Rassismus? Willkommen in meiner Welt, blödes Vieh! Da kann ich die deutsche Sprache so gut mächtig sein, wie ich will. Ich gehöre einfach nicht dazu. Das begreife ich mit meiner blöden Jugobirne gerade noch. Und jetzt schau nicht so debil und **Fletsche deine gefräßigen Zähne mir nicht so entgegen! Mir ekelt´s!**" Und stampfte beim Gang zur Küche etwas fester auf den Boden, als es meine Wut eigentlich nötig gemacht hätte. Der sollte ruhig sehen, dass mir sein intellektuelles Gehabe voll auf den Sack ging, das dumme Hund.

Unser Duschsaal im Keller hatte sich inzwischen zumindest optisch deutlich verbessert. Zwar gab es noch keine Heizung, die wir jetzt ja auch noch nicht brauchten, aber durch die frisch geputzten Fenster leuchtete die Abendsonne herein. Der Boden war gewischt. An der Wand lehnte neben der Wanne ein großer Spiegel, den ich in einem der vielen anderen Zimmer gefunden hatte. Mitten im Raum lagen zwei Matratzen auf dem Boden, wo Martin jeden Morgen Gymnastik für seinen schlimmen Rücken machte, und in einer Ecke standen zwei Stühle und ein kleines Tischchen, wo man seine Sachen ablegen konnte.

Ich zog meine dreckigen Arbeitsklamotten aus und stieg in die Wanne. So eine Regendusche ist echt saugeil. Du stehst da und das warme Wasser rieselt so sanft über dich drüber und du kannst dir vorstellen, du stehst irgendwo auf Bali am Strand im Monsunregen. Echt nett. Ich schloss die Augen und genoss, da hörte ich, wie die Tür aufging.

„Hi du" rief ich, „Ich bin gleich fertig. Dann kannst du rein."

„Cool, ist in Ordnung", sagte eine Stimme, die aber nicht die von Martin war, wie ich natürlich erwartet hatte, weil wer sonst kommt hier runter, Heinrich duscht ja nie, die alte Sau, sondern eine viel höhere Stimme, eine Frauenstimme.

Ich machte die Augen auf, konnte aber nicht richtig sehen, weil ich Seife drin hatte. Ich drehte das Wasser ab, griff mir das Handtuch und wischte an meinem Gesicht rum. In der Tür stand ein Mädchen, vielleicht ein bisschen älter als ich, in Jeans und schwarzem Pulli, die braunen, schulterlangen Haare standen ziemlich wirr von ihrem Kopf ab.

„Du musst Ajnur sein", sagte sie und setzte sich auf einen der Stühle. Dazu musste sie meine Klamotten runternehmen und legte sie auf den Tisch vor sich. Die Unterhose lag obenauf. „Gott, hoffentlich ist die sauber", dachte ich noch und mir fiel kurz meine Oma ein, die mir immer eingebläut hatte, morgens eine frische Unterhose anzuziehen – „falls du plötzlich ins Krankenhaus musst". Ich war dann immer beleidigt, weil wenn ich einen Unfall habe und schwerverletzt im Krankenhaus liege, dann ist ihre größte Sorge, ob ich Bremsspuren in der Unterhose habe.

„Ja“, sagte ich, „und wer bist du?“

„Ali“, sagte sie. „Ich bin Martins Nichte und wurde zur Zwangsarbeit hierher verschleppt.“

„Ach schön“, sagte ich wie ein Idiot und wusste plötzlich überhaupt nicht mehr weiter. Ich versuchte mir das zu kleine Handtuch um die Hüften zu wickeln, aber dann bekam ich wieder Seife aus den Haaren in die Augen und musste damit wischen, es reichte aber nicht mehr nach oben, weil ich es ja unten vorhalten musste, so dass ich mich tief nach unten bücken musste, um mit einem Zipfel des Handtuchs an meine Augen zu kommen, wobei es mir natürlich wieder runterrutschte.

„Hast du Bauchweh?“, fragte sie.

„Ne, wieso?“, fragte ich.

„Naja, weil du dich so komisch windest.“

„Ne, ich würde nur gerne in Ruhe fertig duschen“.

„Na, kannste doch. Ich schau dir schon nix weg. Usedom. Jedes Jahr zwei Wochen FKK-Urlaub. Da wird man abgebrüht, was nackte Menschen angeht.“

„Schön für dich“, sagte ich, „aber ich dusche trotzdem lieber alleine.“

Das war nicht nett von mir, ich weiß schon. Die Situation hat mich irgendwie voll überfordert. Ich musste an Frank, die alte Pottsau, denken, und an seine detailreichen Schilderungen vom Nacktbadestrand. Eigentlich war ich bloß deshalb an die Ostsee aufgebrochen, weil mir ausgerechnet in dem Moment, als meine Mutter fragte, wohin, nichts Dümmeres einfiel als Frank, die alte Pottsau, und sein verficktes Kopfkino. Hätte er von Museumsbesuchen erzählt, wäre ich vielleicht nach Florenz gefahren. Hat er aber nicht. Wäre auch unwahrscheinlich gewesen. Also war ich nur wegen so ein blöde Zufall hier gelandet. Das Leben hat echt oft einen schrägen Humor. Und ich war eine geniale Zielscheibe für seine Gags, stand nackt vor einem wildfremden Mädchen und machte mich zum Affen mit meiner Verklemmtheit. Aber sie sagte einfach „Ist ok, bis gleich", stand auf und ging.

Kurze Zeit später fand ich mich in meinem Zimmer vor dem Regal wieder, auf der Suche nach sauberen Klamotten. Bisher hatte ich unterwegs immer die gleiche kurze Hose angehabt und für die Arbeit hatte mir Martin einen Blaumann gegeben. Jetzt zog ich eine saubere Jeans an. Ein kurzer Geruchstest an meinem Shirt – verdammt, Heinrich hatte recht, das stank ja echt ganz schön verschwitzt. Ich hatte aber kein frisches T-Shirt mehr, nur noch ein langärmliges Hemd. Also zog ich das an. Ich betrachtete mich im Spiegel. Durch das Fenster drangen Stimmen aus dem Garten herein. Ich verzichtete auf Schuhe und wetzte nach unten.

Martin und das Mädchen saßen am Tisch im Garten und aßen Spaghetti mit grünem Pesto.

„Ajnur, das ist Annalena. Sie bleibt ein paar Tage hier und hilft uns. Ist doch super, oder?" sagte Martin und deutete mit der Gabel auf mich: „Und das ist Ajnur, ich habe dir ja schon von ihm erzählt."

Ich wollte schon fragen, was er denn von mir erzählt habe, da fragte sie, ob ich auch Nudeln wolle. Ich war zwar eigentlich satt, musste aber unbedingt vermeiden schon wieder unhöflich zu sein und antwortete also: „Gerne, aber nicht zu viele. Und vielleicht will Heinrich auch welche, er liebt Pasta über alles.“

„Heinrich? Wer ist Heinrich? Seid ihr zu zweit? Davon hat mir Martin gar nichts erzählt“, fragte Annalena.

„Nene, Heinrich ist nur ein Hund.“ Ich überlegte kurz. „Ich meine, er ist ein Hund. Ohne `nur´. Er begleitet mich.“

„Cool“, sagte sie. „Und wo ist er?“

Ich rief ihn, aber es kam keine Antwort. Ich rief noch einmal. Aus dem Wald rief ein Käuzchen, dahinter war nur das Rauschen der Bäume im Wind zu hören, wie aus einem Radio, wenn der Sender verstellt ist. Das gefiel mir nicht. Das gefiel mir ganz und gar nicht. Ich machte mir Sorgen. Heinrich hatte gute Ohren. Wo war er hin? Ich dachte an unseren Streit und was ich gesagt hatte, und das war echt ein Scheißgefühl.

„Ich geh ihn mal suchen“, sagte ich.

„Ich komm mit“, sagte sie.

Wir suchten zuerst ums Haus, liefen dann die verschiedenen Stationen ab, wo Heinrich gerne hinpinkelte. Aber such du mal ´nen schwarzen Hund in der Nacht! Die Nadel im Strohberg ist ein Dreck dagegen. Wir riefen abwechselnd seinen Namen, und es war irgendwie komisch, ihn aus ihrem Mund, mit ihrer Stimme, in der Dunkelheit zu hören. Ich machte mir wirklich Sorgen jetzt. Was, wenn ihn die Elstern mit vereinten Kräften gepackte hatten? Die bildeten echt eine ziemlich fiese Gang, terrorisierten die Singvögel mit ihren Jungen, und Heinrich hatte sie manchmal ganz schön durch den Garten gejagt.

Schließlich fanden wir ihn an einem kleinen Weiher, den

das Altwasser der Oder hier gebildet hatte. Wie aus schwarzem Tonpapier ausgeschnitten sah ich seine Silhouette ganz klein neben einer großen Trauerweide, die ihre schwarzen Äste über den halben Tümpel ausbreitete. Der Mond lag wie ein silbernes Amulett auf dem samtig schwarzen Wasser.

„Heinrich“, sagte ich, „da bist du ja. Komm mit, es gibt Spaghetti.“

Er sah mich lange und nachdenklich an, dann nickte er und stand auf.

„Ist gut“, sagte er.

„Ist ja cool“, sagte Annalena. „Man könnte meinen, der versteht dich richtig.“

„Ja“, sagte ich, „manchmal“.

Beim Essen, die Nudeln waren natürlich inzwischen kalt, erfuhr ich, dass Annalena die Tochter von Martins Bruder war. Sie hatte gerade ihr Abitur bestanden, und zwar mit eins Komma null, wie Martin betonte, und sollte jetzt eigentlich, so war der Plan, International Business studieren. Den Platz hatte sie schon, an irgendeiner Privatuni in Düsseldorf oder so, hatte sämtliche Auswahlverfahren mitsamt einem brutalen Assessmentcenter überstanden, eine Präsentation vor einer Jury gehalten, und jetzt sollte sie im September dort anfangen. So war´s ausgemacht. Aber das wollte sie plötzlich nicht mehr, und deshalb hatte sie ihr Vater zu Martin geschickt, zum Arbeiten und damit sie zur Besinnung kommt, so hatte er es wohl gesagt, erzählte Martin.

„Ja“, warf sie ein, und haute mit der flachen Hand auf den Tisch, dass Heinrich die Nudeln aus dem Maul fielen,

„Zwangsarbeit nennt man das. Arbeite du mal was Richtiges, hat er gesagt, damit du wieder klar wirst im Hirn. Aber ich bin klar. Völlig. Viel klarer als er. Der sieht nur noch sein Geld und meine Karriere und das passt für ihn so gut zusammen, dass es ihm total das Hirn vernebelt. Zu viel Wohlstand macht blind. Und unglücklich. Versteh mich nicht falsch, Martin." Sie legte ihm eine Hand auf den Unterarm. „Ich bin echt gerne bei dir und helfe dir bei deinem Projekt hier. Aber das wird nichts an meiner Einstellung ändern. Eher im Gegenteil. Ich mache nicht das, was er will, sondern was ich will. Das ist mein Leben. Und ich werde niemals so leben wie er. Nie. Ich will so leben, wie ich will."

Martin legte seine Hand auf ihre. „Was willst du denn, Ali?"

„Siehst du?"

Es gab mir einen richtigen Stich in mein Herz, als ich sah, dass sich ihre Augen mit Tränen füllten, und ich kam mir ein bisschen vor wie ein Spanner, weil ich doch gar nicht zur Familie gehörte.

„Warum fragt er mich das nie: Was willst du? Es interessiert ihn einfach überhaupt nicht, was ich will."

„Ja und, was willst du denn?", fragte ich jetzt auch und legte die Gabel hin. Hatte eh schon lange keinen Hunger mehr und stellte meinen Teller zu Heinrich ins Gras. Sie wischte sich mit dem Pulloverärmel über die Augen, machte ihren Rücken sehr gerade und sah mich an.

„Ich werde Klimaaktivistin", sagte sie.

Als wir später in unserem Zimmer waren, Heinrich und

ich, musterte er mein Hemd, das ich ordentlich über die Stuhllehne hängte:

„Hast dich ja echt in Schale geworfen heute."

„Hä? Wie meinst du das? Ich habe ein Hemd angezogen. So what?"

„Ne, alles gut, nichts weiter. Ich mein ja nur."

„Wie? Was meinst du nur?"

„Ich mein ja nur: Seit wir uns kennen, hast du gefühlt immer das gleiche T-Shirt an. Ich dachte, du hast nur das eine. Macht ja nichts. Ist ja gut so. Verzicht als die notwendige Mäßigung des Überflusses. Aber kaum taucht diese Annalena mit ihren komischen Pudellocken hier auf, hast du plötzlich ein Hemd an. Ich meine, merkst du das denn gar nicht?"

„Was soll ich denn merken?"

„Du bist total verknallt in die", sagte Heinrich. Dann legte er seine Pfote auf meine Hand, sah mich mit schiefem Kopf von unten an und hauchte mit tiefer Stimme: „Ja, und was willst du denn?"

„Echt witzig, Alter! Du bist ja eifersüchtig", sagte ich, nahm ihn in den Schwitzkasten und tätschelte ihm den Kopf. „Musst du nicht. Echt nicht. Ich liebe doch nur dich. **Es reget sich die Menschenliebe, die Liebe Gottes regt sich nun.** Und außerdem: Wenn ich immer mit so einem hässlichen Hund im Schlepptau rumlaufe, rennt sowieso jede Frau gleich schreiend davon."

Mit einer raschen, geschmeidigen Bewegung befreite er sich und schritt würdevoll zu seinem Schlafplatz, wo er sich grunzend zusammenrollte. Als ich das Licht ausmachte, hob er kurz den Kopf, fixierte mich mit einem halb offenen Auge, und deklamierte gedehnt: **„Die Botschaft hör ich wohl – allein: mir fehlt der Glaube.“**

Ich finde es echt Kacke, dass mein Hund jetzt auch ständig Faust zitiert. Ich warf einen meiner Schuhe nach ihm und herrschte ihn an: **„Soll ich mit dir das Zimmer teilen, Pudel, so lass das Heulen, lass das Bellen! Solch einen störenden Gesellen mag ich nicht in der Nähe leiden.“**

Statt einer Antwort furzte er laut und deutlich.

„Schwein“, sagte ich.

„Ne“, sagte er. „Hund. **Wenn einem die Natur kommt, Herr Doktor!**“ Dann begann er zu schnarchen. Ich lag noch lange wach und dachte an das Mädchen.

Kapitel 4: Zwei wollen zusammen sein

Track 12

Als ich am nächsten Morgen aufwachte, schien die Morgensonne hell in mein Zimmer und die Spatzen in der Linde vor meinem Fenster lärmten sehr fröhlich durcheinander. Irgendwo krähte ein Hahn in unregelmäßigen Abständen. „Morgenstimmung auf dem Land", dachte ich. „Ein guter Songtitel". Und holte gleich mein Handy aus der Hose, um dieses kleine Konzert aufzunehmen. Es war erst der siebte Track, den ich abspeicherte, seit ich aufgebrochen war. Ich nahm mir vor, ab jetzt konsequent so etwas wie ein akustisches Notizbuch zu führen. Vielleicht könnte daraus die Grundlage für mein Album „Mondlicht" werden. Vielleicht könnte ich es irgendwann Annalena vorspielen. Oder ihre Stimme aufnehmen.

Als ich nach unten ging, kam mir aus der Küche schon der Duft von frischem Kaffee entgegen. Annalena stand an der uralten gusseisernen Spüle und wusch das Geschirr von gestern. Sie hatte kurze Hosen an, einen grauen Pulli und dicke Wollsocken an den Füßen. Und ich weiß noch, dass mir gleich ihre Haare auffielen. Sie hatte schulterlange braune Haare und davon unglaublich viele, die sie zu immer neuen kunstvollen Gebilden zusammensteckte. Und das machte sie so beiläufig, als wäre es nix und sah dann aus, als hätten drei hippe Friseurweltmeister stundenlang an ihrem Kopf herumgewerkelt. Echt verrückt. Auch weil jede dieser ineinander verwobenen, verknoteten und aufgetürmten Haarsträhnen in ganz unterschiedlichen Schattierungen von hell bis dunkel schimmerten.

„Guten Morgen, Annalena", sagte ich. Das waren ganz

schön viele Worte so früh am Morgen für meine Verhältnisse. Irgendwie freute ich mich, sie zu sehen. Sie drehte sich zu mir um und lächelte mich an.

„Sag nicht Annalena zu mir, sag Ali! Das gefällt mir viel besser. Ein einziger Name hat meinen Eltern nicht gereicht für ihr einziges Kind, es mussten gleich zwei sein. Oder sie konnten sich nicht auf einen einigen, was weiß ich. Annalena – so nennen Leute ihr Kind, wenn sie denken, dass es mal was ganz Besonderes werden muss. Viel toller als all die anderen normalen Durchschnittskinder. Ich will aber gar nicht toll sein. Ich will Ali sein. Meine Eltern hassen es, wenn meine Freunde mich so nennen."

Es war mir völlig unverständlich, wie man morgens um sieben Uhr schon so viele so lange Sätze reden konnte. Ich nahm mir eine Tasse, schenkte mir Kaffee ein, holte Brot, Butter, Marmelade und schmierte mir ein Brot. Als ich damit fertig war, sagte ich zur Antwort: „hmhm". Dann besann ich mich aber eines Besseren: „Hast du schon gefrühstückt? Setzt du dich zu mir?", und als sie nickte, stand ich auf, schenkte ihr auch eine Tasse Kaffee ein und legte ihr Frühstücksbrettchen und Messer zurecht. Sie setzte sich hin und begann sich auch ein Brot zu schmieren. Dann biss sie hinein, lehnte sich kauend zurück und sah mich nachdenklich an. Durch das Küchenfenster hörten wir, dass Martin schon am Holzhacken war. Sie nahm ihre Kaffeetasse, hielt sie sich mit zwei Händen an den Mund, die Ellbogen aufgestützt, und schlürfte ziemlich laut in kleinen Schlucken den dampfenden Kaffee. Dabei sah sie mich über den Rand ihrer Tasse weiter an. Mir wurde ungemütlich. Ich hab´s nicht so gerne, wenn mich jemand länger anschaut. Mir ist auch so schon klar, dass ich komisch aussehe mit meinen wirren schwarzen Haaren, die mir meine Mutter schneidet, und der spitzen Nase. Außerdem steht mein Kinn viel zu weit vor. Und Pickel habe ich auch. „Was ist?“, fragte ich und hielt mir ebenfalls die Tasse vors Gesicht.

„Es tut mir leid, Ajnur“, sagte sie.

„Was?“, fragte ich.

„Naja, gestern im Bad, dass ich dich angeglotzt und dann auch noch Scheiße gelabert habe“, sagte sie. „Wahrscheinlich ist das die Annalena in mir, die sich selber doch für ganz toll hält.“

Ich spürte, wie ich rot wurde. „Macht doch nichts“, sagte ich und versuchte möglichst cool zu klingen. Ich hätte ihr gerne gesagt, dass ich einfach viel zu verklemmt bin und es viel lieber nicht wäre, sondern ganz frei im Kopf und ohne diese ganzen Hemmungen. Und dass ich mich selber meistens total scheiße finde und dass das auch für meinen Körper gilt, dieses armselige, muskulaturfreie Gerippe, und dass ich befürchtet habe, dass sie bei meinem Anblick in schallendes Gelächter ausbricht. Aber das traute ich mich nicht, damit sie nicht in schallendes Gelächter ausbricht. Außerdem schaffe ich es morgens nicht, so komplexe Inhalte in korrekten Sätzen zu packen. Also schob ich nur noch ein trockenes „Passt schon“ nach. Das schien mir dann aber doch zu wenig für diese komplizierte Situation. Und so fügte ich hinzu: „Es tut mir auch leid, dass ich so unfreundlich war, aber …“ und dann stockte ich und wusste nicht, wie ich den Satz fortführen sollte und schwieg, aber man kann einen solchen Satz ja nicht mit „aber“ beenden, das geht ja nicht, und ich wusste einfach nicht, was ich sagen sollte, und dann sagte ich es einfach, sagte: „aber ich habe mich geschämt“. Heilige Scheiße, hatte ich das gesagt, was sollte das denn! Gott, war mir das peinlich! Aber noch bevor ich irgendetwas Cooles nachschieben konnte, sagte sie: „Das brauchst du nicht, Ajnur. Das brauchst du echt nicht.“ Und dann wurde sie auch rot und wir bissen in unsere Marmeladenbrote und schlürften unseren Kaffee. Und als wir fertig waren und den Tisch abräumten, da schaute sie mich an und sagte: „Du hast da noch Marmelade am Mundwinkel.“ Und dann, das glaubst du nicht. Ich konnte es nicht fassen, was sie dann tat: Sie fuhr mit ihrem Finger über meinen Mundwinkel, wischte die Marmelade damit weg und leckte ihn dann ab. Echt, Alter, das hat mich umgehauen. Ab dem Moment wusste ich: die ist es.

Du warst verliebt?

Ja klar, Alter, aber sowas von. Ich glaub auch, sie hat´s gleich gemerkt, weil ich sie so komisch angeschaut habe. Sie hat zurückgeschaut, und dann hat sie weggeschaut und ich habe gedacht, ich will sie am liebsten umarmen und dann habe ich Angst bekommen, ich mache es wirklich, und bin lieber aufs Klo gegangen. Und dann saß ich auf der Schüssel und dachte mir: „Scheiße, Alter! Jetzt ist es passiert.“

Was?

Na das, was ich immer gehofft habe und vor was ich gleichzeitig voll Schiss hatte.

Du warst wirklich richtig verliebt.

Voll, Digga. **Wie sie die Augen niederschlägt, hat tief sich in mein Herz geprägt.**

Und dann?

Naja, dann sind wir raus zu Martin und haben ihm einen Kaffee gebracht und mit ihm abgesprochen, was wir heute machen. Es war ja so schönes Wetter und da wollten wir nicht im Haus arbeiten, wo es staubig ist, sondern an der frischen Luft. Du weißt schon: **Ins Freie.**

Und Martin wollte, dass wir im Garten die Sträucher zurückschneiden. Aber Ali fragte ihn gleich, ob er verrückt geworden sei, im Sommer die Sträucher zurückzuschneiden! Da nisten vielleicht Vögel drin. Und wir dürfen nicht ihren Lebensraum zerstören. Also meinte er, wir sollten die ganzen Äste, die im Lauf der Jahre von den riesigen alten Bäumen heruntergefallen waren, aufsammeln und dann zu Kleinholz verarbeiten. Und so schufteten wir den ganzen Vormittag und trugen das Totholz zusammen, warfen es vor dem Haus auf einen Haufen. Die ganz schweren, dicken Teile schleppten wir zusammen. Heinrich half auch mit, so gut er konnte, und trug leichtfüßig tänzelnd kleine, leichte Stöckchen herbei, verlor aber nach kurzer Zeit die Lust und verabschiedete sich. Er wolle Enno besuchen.

„Enno?"

„Ja, Enno. Der nette Schäferhund. Du weißt schon, Einer, der mit dieser Helene zusammenlebt."

„Naja, Heinrich, ob man das so sagen kann, dass sie mit ihm zusammenlebt, ich weiß ja nicht."

Er sah mich mit in Falten gelegter Stirn an, deklamierte: **„Du gleichst dem Geist, den du begreifst"** und schritt erhobenen Haupts von dannen. Irgendwie störte es mich, wenn Heinrich aus Faust zitierte.

Als gegen Mittag die Sonne wüstenheiß herunterbrannte

und unser Holzhaufen bestimmt schon zwei Meter hoch war, holte ich zwei Flaschen Wasser und ein bisschen Obst aus der Küche und wir setzten uns im Schatten der Trauerweide, unter der wir gestern Abend Heinrich gefunden hatten, an den Weiher. Ringsum spiegelten sich die Bäume in der glatten Oberfläche und dazwischen lag der blaue Himmel, durch den eine einzelne weiße Wolke schwamm.

Ali erzählte mir von ihrem Vater, der Manager bei einer Firma in Ückermünde war. Die bauten irgendwelche Teile für Autos.

„Der schuftet echt den ganzen Tag", sagte sie und zog ihre Chucks aus. Ihre Füße gefielen mir sehr. Sie planschte damit im Wasser. „Ist fast nie zu Hause. Und wenn, dann muss er sich total zusammenreißen, dass er nicht gestresst wirkt. Wenn er abends heimkommt, braucht er erst einmal ein Glas Wein. Und dann noch eins. Zum Runterkommen, sagt er. Das macht mir echt Sorgen. Vielleicht wird er noch zum Alkoholiker. Oder er ist es schon. Und ich weiß es gar nicht. Was weiß man denn schon von seinen Eltern."

„Und deine Mutter?", fragte ich.

„Die ist eigentlich Anwältin. Aber als ich zur Welt kam, hat sie damit aufgehört und nie wieder angefangen. Ich glaube, so richtig Freude hat ihr der Beruf nie gemacht. Ich meine, sonst wäre sie doch irgendwann wieder eingestiegen, oder nicht? Eine Achtzehnjährige muss man doch nicht mehr den ganzen Tag bemuttern. Als kleines Kind fand ich das natürlich klasse, dass ich meine Mama immer für mich hatte. Aber irgendwann ging es mir dann fast ein bisschen auf die Nerven."

„Was?", fragte ich.

„Naja, zum Beispiel, dass sie mich immer überallhin gefahren hat. Taxi Mama nannte sie das. Jeden Tag in die Schule. Und zum Ballett. Und zum Schwimmen. Überallhin. Echt. Ich habe die anderen beneidet, die zusammen mit dem Fahrrad fahren konnten und nass geworden sind, wenn´s geregnet hat. Oder irgendeinen Scheiß gemacht haben unterwegs. Oder einfach bloß blöd rumgelacht. Nein, ich wurde gefahren. Schön in Mamas schickem Mini. Der in unserer schicken großen Garage neben unserem schicken großen Haus wohnt, das sogar einen richtig schicken Pool hat. Und nicht weit, in Zinnowitz auf Usedom, liegt unser superschickes Boot im schicken Yachthafen. Ich glaube, wenn wir dereinst in die Hölle kommen, dann haben wir da einen riesengroßen totschicken Designerkamin als Höllenfeuer."

„Glaubst du denn an sowas?"

„Was? Designerkamine? Nö. Gibst du mir mal einen Pfirsich?"

„Nein, ich meine Himmel und Hölle und den ganzen Kack."

„Natürlich. Wenn es nur ein bisschen Gerechtigkeit gibt. Ich meine, wieso sind wir denn so reich? Wie viele Arme müssen immer noch ärmer werden, damit wir immer noch reicher werden und uns noch tollere SUV`s leisten können und immer das neueste I-Phone. Die anderen haben die Hölle schon hier auf der Erde, damit wir uns den Himmel leisten können. Der uns dann aber doch nicht glücklich macht. Die Ersten werden die Letzten sein. Wenn es ein bisschen Gerechtigkeit gibt, dann muss dieser Satz stimmen. Und dann werden wir wohl im Jenseits in die Hölle müssen."

Am Himmel über uns malte ein Flugzeug mit seiner hellgrauen Dreckspur, die es hinter sich her zog, kultische Zeichen ins Blau.

Sie hatte die Füße aus dem Wasser genommen und sich zu mir gedreht. Ihr Gesicht war ganz rot – von der Hitze oder weil sie jetzt richtig in Fahrt gekommen war.

Schau mal hier", sagte sie und zeigte mir auf ihrem Handy eine Internetseite, in der es um ein Ranking für so Eliteunis ging. Und dort stand zu der Uni in Düsseldorf, für die sie sich beworben hatte, man finde dort „mit der KÖ natürlich auch das passende Shopping-Pflaster für angehende Großverdiener, zu denen du nach deinem Abschluss an dieser renommierten Privatschule garantiert zählen wirst."

„Krass", sagte ich und zog ebenfalls Schuhe und Strümpfe aus. „Das ist definitiv nicht meine Welt."

„Du sagst es", stimmte sie mir zu. „Meine auch nicht. Niemals will ich so werden, dass ich da hinpasse. Es tut mir ja einerseits echt voll weh, dass ich meinen Papa so enttäusche. Eigentlich ist der echt gut zu mir und meine Mama auch. Jeden Tag sagen die mir, wie lieb sie mich haben. Wie in so ´nem amerikanischen Familienfilm ist das, echt jetzt. Aber ich kann doch nicht, nur um lieb zu ihnen zu sein, ein Leben anfangen, das ich verabscheue. Ich meine, wenn sie mich so liebhaben, dann müssen sie mich doch auch einmal fragen, was ich will. Und dann müssen sie mir zuhören. Echt jetzt! Das passende Shoppingpflaster für Großverdiener, zu denen du auch bald gehören wirst. Diese Konsumscheiße führt doch zu überhaupt nichts. Außer zu Kriegen und zur Klimakatastrophe. Da spiele ich nicht mit. Echt nicht."

„Und deshalb wirst du jetzt Klimaaktivistin?“, fragte ich und versuchte dabei nicht so zu klingen wie meine Großmutter, als ich ihr sagte, dass ich Musiker werden will: „Soso, Musiker willst du also werden.“ Da weiß man gleich, sie hält das für die größte Schwachsinnsidee aller Zeiten, die du nur deswegen in deinem pubertären Gehirn ausgebrütet hast, weil es von Sexualhormonen völlig überschwemmt ist, und es ist ja sonnenklar, dass du die sowieso bald vergisst, wenn du wieder normal wirst. Dabei weißt du genau: das ist es, was du machen musst. Nur macht´s die Welt dir saumäßig schwer und du weißt nicht, wie du´s anfangen sollst. Und weil du das nicht weißt, hältst du deinen Mund und versuchst gar nicht erst, es den Erwachsenen zu erklären. Aber genauso wollte ich nicht klingen. Ich wollte, dass sie mir wirklich erzählt, wie sie sich das vorstellt.

Und tatsächlich begann sie zu erzählen: von Greenpeace zum Beispiel. Da hat sie einfach eine Mail hingeschrieben, dass sie als Aktivistin mitmachen will. Zuerst haben sie ihr nur eine Liste der Jugendaktionsgruppen geschickt, wo sie sich ehrenamtlich engagieren kann. Aber das wollte sie ja nicht. Das ist ihr zu wenig. Sie will alles, sagte sie. Ihr Leben einsetzen. Nicht so wie im Krieg in der Ukraine, dass man stirbt, den Heldentod. Was für ein Scheißdreck, sagte sie. Nicht sterben für eine Idee, sondern dafür leben. So, dass sie dadurch ein Leben gewinnt, das sie erfüllt. So hat sie das echt gesagt. Also hat sie angerufen und gesagt, sie will das als Beruf machen und hat sich so lange weiterverbinden lassen, bis sie jemanden am Telefon hatte, der ihr sagte, sie muss erst einen Beruf erlernen, welche Fächer sie denn in der Schule gerne mag und so. Ein bisschen wie mit einem Kind hat der wohl mit ihr geredet. Aber zumindest weiß sie jetzt, dass sie erst eine Berufsausbildung braucht oder studieren muss. Bloß was? Das wollte sie jetzt überlegen, in dieser Woche, bei Martin.

„Und auf jeden Fall mache ich bei XR mit.“

„XR?“ Irgendwo hatte ich das schon gehört. Oder gelesen.

„Extinction Rebellion. Gewaltfreie, direkte Aktionen. Ziviler Ungehorsam. Die Maschinerie der Zerstörung stören. Sowas.“

„Coole Idee“, sagte ich und meinte es auch so. Aber blöderweise fiel mir nicht mehr ein, was ich dazu sagen sollte. Ich meine, sie hatte ja alles gesagt. Und ich fand das gut, was sie gesagt hatte. Und jetzt musste ich erst einmal darüber nachdenken. Sie redete echt schneller, als ich denken konnte. Und dann wie sie redete! Ich meine, wie sie die Worte aussprach. Irgendwie so klar und deutlich. Allein wie sie das Wort „Pfirsich“ aussprach, haute mich völlig weg: „Gibst du mir mal einen Pfirsich?“ Das klang so leicht und tänzerisch aus ihrem Mund, da saß jeder Vokal und jeder Konsonant. Und die Krönung war das perfekte stimmhafte „s“ vor dem „-ich“ nach dem vorher nur ganz kurz im Rachen angerollten „r“. Von solcher Artikulationsakrobatik kannst du als Franke mit bosnischen Wurzeln nur träumen.

So saßen wir eine Weile schweigend da. Ein leichter Wind war aufgekommen, der kühlend über unsere verschwitzten Gesichter wehte.

„Witzig“, sagte ich und sah ihren Zehen zu, die wieder auf dem Wasser spielten.

„Was ist denn daran witzig?“, fragte sie und schaute mich

mit zusammengekniffenen Augen an, weil die Sonne so hell durch die Äste und das Laub der Trauerweide schien, dass die ganze Zeit ein wirrer Schwarm unterschiedlich großer Lichtpunkte auf ihrem Gesicht herumtanzte.

„Naja“, sagte ich, „euer schickes Boot. In Zinnowitz. Das liegt doch auf Usedom. Da wollte ich eigentlich hinfahren. Mit dem Fahrrad.“

„Ja, das mit deinem Fahrrad hat mir Martin schon erzählt. Und was willst du auf Usedom?“

Da erzählte ich ihr doch tatsächlich die ganze Geschichte von meiner Oma und den fünfhundert Euro und dem Spaßbefehl und von meiner Mutter und ihren Sorgen um mich und von dieser beschissenen Reise hierher. Echt, die ganze Geschichte. Auch, dass ich keine Freunde hatte, um mit ihnen in Urlaub zu fahren. Ich habe das noch nie irgendjemandem erzählt. Nicht einmal meiner Mutter. Deshalb bin ich doch überhaupt erst mit dem Fahrrad losgefahren, damit ich es nicht erzählen muss. So etwas erzählt man ja auch nicht so einfach. Das ist voll peinlich. Aber es Ali zu erzählen, war ganz leicht. Und ich habe mich nicht geschämt. Null. Obwohl das ja gegen ihre Pläne mit Klimaaktivismus und zivilem Ungehorsam ganz schön abkackte.

„Und jetzt?“, fragte sie und verknotete ihre Haare neu. Dabei hatte ihr Gesicht einen ganz konzentrierten Ausdruck. Als würde sie nach innen schauen.

„Was und jetzt?“, fragte ich zurück.

„Naja, was ist jetzt mit Usedom? Fährst du da jetzt noch hin oder nicht?“

„Weiß nicht“, sagte ich.

„Wieso?“, fragte sie.

Ich ließ mir nach hinten kippen, schloss die Augen und sagte: „Wegen dir."

Es war eine ganze Weile still. Dann spürte ich ihre Lippen auf meinen.

Und dann?

Scheiße, Digga, ich kann dir nicht erzählen, was an diesem Tag mit mir passiert ist. Das ist zu persönlich. Das ist so persönlich, Alter, so tief in mir drin, dass ich selbst es gar nicht kapiere. Ich weiß nur, dass die Welt sich komplett verändert hat. Oder vielleicht nicht die Welt, aber mein Gefühl dafür. Irgendwie so: alles ist in Ordnung. Alles, alles ist gut. Verstehst du das? Ich hatte keine Wut mehr. Ich war einverstanden. Die Welt war ok. Klar gab es immer noch dieselbe Scheiße: den drohenden Krieg in der Ukraine, Hunger, himmelschreiende Ungerechtigkeit, wo du hinschaust. Dreckscorona. Aber zu dieser Welt gehörte auch Ali. Und ihre Lippen, die mich geküsst hatten. Und ihr Lächeln. Ich war es, den sie anlächelte. Weil sie mich mochte. Auch das gehörte jetzt zu dieser Welt, dass da dieses wunderbare Mädchen war, das mich mochte. Diese Welt fand ich gut. Die hatte ich bisher nicht gekannt.

Wir sammelten dann noch ein paar Stunden Holz. Aber es war ganz anders als am Vormittag. Ich glaube, ich lief die ganze Zeit mit einem total schwachsinnigen Grinsen durch die Gegend. Und immer, wenn ich sah, dass Ali einen größeren Ast herumschleppte, lief ich schnell hin und half ihr. Dabei konnte ich sie ansehen und bekam ihr Lächeln geschenkt. Mein Herz freute sich die ganze Zeit wie Sau. Dann waren nur noch kleine Äste übrig. Und als sie einmal gedankenverloren von einem winzigen Zweiglein die Blätter zupfte, da trat ich so von hinten an sie heran, umarmte sie, ergriff das Zweiglein und deklamierte mit zwei unterschiedlichen Stimmen:

„Er liebt mich – liebt mich nicht.
Du holdes Himmelsangesicht!
Liebt mich – Nicht – Liebt mich – Nicht. Er liebt mich.
Ja, mein Kind! Lass dieses Blumenwort dir Götterausspruch sein. Er liebt dich!“

Da drehte sie sich zu mir um, nahm mein Gesicht in beide Hände und küsste mich und schaute mir dabei so tief und warm in die Augen, dass ich es bis in meinen Bauch hinein spürte.

„Das war die abgedrehteste Liebeserklärung, die ich je bekommen habe, Ajnur, weißt du das? Hast du das jetzt ernst gemeint, oder willst du mich verarschen?“

„Nein, natürlich verarsche ich dich nicht. Niemals werde ich dich verarschen!“ Das hätte ich am liebsten laut gerufen. Aber ich traute mich nicht. Oh Mann, ich hatte eigentlich voll Schiss, Digga. Liebe – das ist so ein großes Wort, so endgültig. Oder es bedeutet gar nichts, weil es bloß so eine Scheißfloskel ist, die in jedem zweiten Lied und in dämlichen Filmen täglich tausendmal wiederholt wird. Und wenn ich ihr sage, dass ich sie liebe, dann muss sie ja damit umgehen. Was soll sie denn sagen? Vielleicht hat sie mich nur so ein bisschen geküsst und denkt sich nicht viel dabei. Aber Scheiße Alter, ich habe kein anderes Wort für das, was ich fühle, wenn ich sie ansehe. Das alles ging mir in einer Tausendstelsekunde durch mein Kopf, während sie mich ansah, die Hände an meine Wange. Die nahm ich jetzt, hielt sie fest, schaute zurück, so liebevoll ich konnte, versuchte so zu lächeln, dass ich nicht wie ein bekifftes Kamel aussah, und sagte:

„O schaudre nicht! Lass diesen Blick, lass diesen Händedruck dir sagen, was unaussprechlich ist.“

Und dann küsste ich ihre beiden Hände. Und da wurde sie tatsächlich ein bisschen rot unter ihren verschwitzten, wirren, wunderbaren Haaren, und ihre Augen wurden feucht und tief und dunkel wie ein See, in dem sich der Mond widerspiegelt.

„Nie mehr wasche ich diese Hände“, sagte sie dann. „Aber jetzt lass uns schwimmen gehen. Ich stinke wie ein Iltis.“

Das fand ich zwar nicht, ich meine, wir waren total verschwitzt, alle beide, verstehst du? Aber ich fand, sie roch so gut, so anziehend. Naja, egal. Schwimmen gehen war eine gute Idee. Also holten wir unsere Badesachen und gingen zu dem kleinen Tümpel. Es war schon später Nachmittag, aber die Sonne brannte immer noch scheiße heiß vom wolkenlosen Himmel. Wir legten unsere Sachen in den Schatten von die alte Weide und dann – das haute mich echt um, Alter, dann zog sie sich einfach aus – einfach so, direkt neben mir, als wäre das gar nichts, ganz und gar, und zog sich den Badeanzug an, was gar nicht so leicht war, weil ihre Haut ja ganz verschwitzt und feucht war, und sie musste sich drehen und winden dabei und hier ziehen und dort drüberzerren, und ich fürchte, ich habe sie mit offenem Mund angestarrt. Nein, das habe ich hoffentlich nicht gemacht, sondern mich auch einfach so umgezogen. Dabei fiel mir das Wort „schamlos“ ein. Meine Oma benutzt das ab und zu. Und wenn sie es in Zusammenhang mit Frauen verwendet, dann ist es eine endgültige Verdammung, ein moralisches Todesurteil. Für mich ist „schamlos“ seit diesem Moment am Tümpel unter der Weide ein richtig gutes Wort. Ein Wort der Befreiung. So wie „furchtlos“. Oder „schuldlos“. Endlich sind wir unsere Scham los.

Wir verbrachten ein paar Stunden dort am Tümpel unter der Weide und übten uns in Schamlosigkeit. Aber das erzähle ich dir nicht.

Als es dunkel wurde, gingen wir zusammen zum Heidehof und holten Heinrich ab, der gerade von einem Spaziergang mit Enno kam. Die zwei verabschiedeten sich mit einer freundschaftlichen Umarmung. Als wir zu dritt an der alten Oder entlang zum Gutshof schlenderten, nahm Ali meine Hand. Heinrich sah das und lief ein Stück voraus. Über dem Wasser tanzten Wolken von Mücken träumerisch im Mondschein und über der Brombeerhecke vor uns schwebten Glühwürmchen auf und ab. Wir schwiegen. Ab und zu rief ein Kuckuck vom Waldrand her über das sanfte Rauschen der Blätter – **und es war alles, alles gut.**

Wir saßen dann noch ewig vorm Haus, tranken Wasser, aßen Brot und Käse und erzählten einander Geschichten. Heinrich lag zwischen uns auf einem Stuhl, ließ sich von uns beiden das Fell kraulen und erzählte Ennos Geschichten von früher, in denen blutrünstige Wölfe und heldenhafte Schäferhunde vorkamen, und ich sah in den Himmel, der aus dunkelblauem Samt war, in den die Motten Milliarden kleiner Löcher gefressen hatten, durch die das Licht schien. Und die hellsten Sterne waren Alis Augen, die mich anstrahlten, als sie sagte: „Erzähl mir von deinen Eltern!“ Und da habe ich es ihr erzählt.

Was?

Alles.

Über deinen Vater.

Ja. Und meine Mutter. Und mich. Und über die Gewalt.

Wie war das mit der Gewalt?

Das mit der Gewalt muss man sich gut überlegen. Wenn mich einer auf die Fresse haut, schlage ich eigentlich nie zurück. Es hat keinen Sinn. Weil meistens der andere viel mehr Erfahrung damit hat, anderen Leuten auf die Fresse zu hauen, als ich. Und mehr Lust darauf. Ich fühle mich in solchen Situationen immer wie ein Gummibärchen: weich und unbeweglich und kein bisschen furchterregend. Du kannst als Gummibärchen keinem die Fresse polieren. Also versuche ich stehenzubleiben und hoffe, dass es bald vorbeigeht und dass meine Zähne heil bleiben. Nur einmal habe ich zugeschlagen. Da war ich kein Gummibärchen mehr, da war ich einer, der voller Hass ist. Hass und Angst. Und Verzweiflung.

Was war?

Mein Vater hatte meine Mutter vermöbelt. So richtig. Zweimal mit der flachen Hand ins Gesicht. Er wusste nicht, dass ich hinter ihm stand und alles sah. Ihr Kopf flog einmal nach links und einmal nach rechts, gegen die offene Kühlschranktür. Sie ging zu Boden, versuchte wieder aufzustehen, da trat er sie in den Bauch und sie blieb liegen. Er griff über sie hinweg in den Kühlschrank und holte sich eine Flasche Bier. Stand immer noch mit dem Rücken zu mir und kramte in der Schublade nach dem Flaschenöffner. Dann veränderte sich das Licht. Alles wurde rot. Dunkelkammer. Und ein sehr hoher Ton in meinem Kopf, der anschwoll und meinen ganzen Schädel füllte, bis der platzen wollte. Aber nicht mein Schädel sollte platzen, sondern seiner. Ich sprang ihn von hinten an, beide Fäuste nach vorne gerissen, die trafen ihn am Hinterkopf, seine Stirn donnerte gegen den Hängeschrank. Langsam drehte er sich um, ich stand immer noch ganz eng an ihm dran, wie bei einer Umarmung. Er hatte eine fette Platzwunde auf der Stirn, aus der ihm das Blut über das Gesicht lief. Rot. Immer noch alles rot. Sein Gesicht, der Küchenschrank hinter ihm, seine blöde blutige Fresse. Und dann verzog sich dieser blutnasse Mund zu einem triumphierenden Grinsen. Da passierte es. Mein Kopf schnellte nach vorne, meine Stirn schlug in seinem Gesicht ein, denn er war größer als ich. Es krachte, als sein Nasenbein brach. Und langsam, wie in Zeitlupe, rutschte er zwischen mir und dem Küchenschrank nach unten. Sein Kopf schrabbte hart an den Griffen der Schubladen entlang und landete mit einem dumpfen Schlag auf dem Küchenboden. Ich sah zu, wie sich von seinem Gesicht aus eine Blutlache bildete und schließlich die Hand meiner Mutter, die neben ihm auf dem Boden lag, rot färbte. Da nahm ich mein Handy aus der Hose und wählte die 112.

Später fragte mich die Polizistin, wo ich das gelernt hätte.

Was?“, fragte ich.

Kopfstoß“, sagte sie. „Kann nicht jeder. Sehr wirkungsvoll. Sehr gefährlich“.

Ich sagte: „Ich weiß gar nicht, wie das geht, ein Kopfstoß.“ Ich hätte ihr von dem roten Licht und von dem lauten hohen Ton erzählen können. Und von meiner grenzenlosen Angst um meine Mutter. Aber ich war plötzlich sehr müde und musste meinen Kopf ein wenig auf den Wohnzimmertisch legen, an dem wir saßen. Dann spürte ich, dass jemand mich total durchschüttelte. Dabei lag die Hand der Polizistin ganz ruhig auf meinem Rücken. Mir war auf einmal sehr nach reden und ich erzählte alles der Tischplatte unter meinem Arm unter meinem Gesicht, wo sich eine kleine Pfütze bildete. Dann kam meine Oma.

Meine Mutter lag lange im Krankenhaus. Ihr Kiefer war gebrochen, sie hatte mehrere Zähne verloren, eine schwere Gehirnerschütterung und einen Milzriss. Mein Vater kam am nächsten Tag aus dem Krankenhaus in Untersuchungshaft. Bei der Gerichtsverhandlung habe ich ihn zum letzten Mal gesehen. Er bekam zwei Jahre aufgebrummt. Versuchter Totschlag. Zwei Jahre nur, Alter. Das ist die Mindeststrafe bei versuchtem Totschlag.

Und du?

Was und ich?

Naja, das muss dich doch total fertig gemacht haben?

Meine Oma hat sich ja um mich gekümmert. Und dann kam meine Mutter wieder aus dem Krankenhaus, und wir waren noch enger als vorher. Ich glaube, sie war mir dankbar, dass ich sie von dem Arschloch befreit habe. Aber gleichzeitig glaube ich manchmal, sie hat ein schlechtes Gewissen. Ich meine, das musst du dir mal geben: sie hat ein schlechtes Gewissen, weil er sie fast totgeschlagen hat, der verfickte Drecksack. Das raff ich echt nicht.

Aber weißt du, was mich wirklich fertigmacht? Dass er mich dazu gebracht hat, ihn fast totzuschlagen. Ich meine, das, was in ihm ist, ist auch in mich, verfluchte Kacke. **Was du ererbt von deinen Vätern hast** – ach, ich könnt sowas von kotzen, Alter! Weißt du, wahrscheinlich hat er, bevor er meiner Mutter den Kiefer zertrümmert hat, auch alles in rotem Licht gesehen und wahrscheinlich hat er auch dieses verfickte laute Pfeifen gehört, bis seine Schädel fast geplatzt ist. Und dann willst du eben, dass nicht dein Schädel platzt, sondern ein anderer. **Gib nur erst acht, die Bestialität wird sich gar herrlich offenbaren.**

Hm. Wahrscheinlich hast du sogar recht. ***Es ist in allen.*** *Trotzdem darfst du dich nicht mit diesem üblen Schläger vergleichen.*

Die Botschaft hör ich wohl, allein mir fehlt der Glaube.

Mir nicht, Ajnur. Ich glaube an dich. Du musstest deine Mutter verteidigen. Und du warst fünfzehn.

Ich geh mal eine rauchen.

Soll ich mitkommen?

Ne, lass nur. Alles gut.

Ja, Ajnur. Alles gut.

Track 13

Moin, Ajnur! Na, Mittagsschläfchen gemacht?

Ne. An die Decke geglotzt. Und du? Heute schon gekackt?

Ja, mein Lieber. Danke der Nachfrage! Ging ganz gut heute. Was ist los? Schlechte Laune?

Ne. Aufgeregt. Krieg Besuch später.

Na, das ist doch super. Wer kommt denn?

Meine Mutter.

Und, freust du dich?

Klar freu ich mich, Alter. Ist der Papst katholisch? Aber ich muss gut drauf sein, damit sie sich keine Sorgen macht. Und das habe ich gerade nicht so im Griff, das gut drauf sein. Manchmal bin ich´s, manchmal bin ich aber auch ganz übel drauf.

Und du glaubst, das kann deine Mutter dann nicht aushalten?

Naja, ich will halt nicht, dass sie sich Sorgen um mich macht.

Hältst du deine Mutter für doof oder was? Glaubst du, die merkt es nicht sofort, wenn du ihr was vorspielst? Entweder du liebst sie wirklich, wie du gestern behauptet hast, und nimmst sie ernst, oder du spielst ihr heile Welt vor. Beides zusammen geht nicht.

Wow, du bist aber weise heute, Alter. Hast du was gekifft? Warum erzählst du mir nicht zur Abwechslung mal was? Kann es sein, dass du dich mit meiner Geschichte nur von deiner ablenken willst? Kann das sein, Digga? Na los, raus mit der Sprache! Wie ist das mit dir?

Wie mit mir? Was willst du denn hören?

Wie bist du hierhergekommen?

Weißt du doch: Motorradunfall.

Ja, weiß ich. Traktor mit Hänger vom Acker in die Bundesstraße eingebogen. Du dreißig Meter durch die Luft geflogen. An einem Schild zerschellt. Lendenwirbel futsch, unvollständige Lähmung der unteren Extremitäten. Paraparese. Kenn ich, weiß ich, hast du mir schon erzählt.

Also, was willst du noch?

Wieso bekommst du nie Besuch?

Will ich nicht.

Wieso?

Zu meinen Eltern habe ich keine gute Beziehung. Und meine Freunde will ich nicht sehen.

Und wieso nicht? Und was ist mit deiner Freundin?

Ich habe keine Freundin.

Wieso? Ich weiß: du bist zu hässlich.

Weil ich nicht auf Frauen stehe. Ich bin schwul, verstehst du?

Ja, versteh ich. Ist ja nicht so kompliziert. Kann sogar so eine Dumpfbacke vom Balkan verstehen. Und wo ist dann dein Freund?

Freund? Das war nicht mein Freund. Das war mein Mann.

Du warst verheiratet?

Ja Mann, ich war verheiratet.

Und wo ist dein Mann? Wieso kommt der dich nicht besuchen?

Weil er tot ist, verfluchte Scheiße. Weil er hinter mir auf dem Scheißmotorrad saß. Und weil der, der hinten sitzt, beim Aufprall nicht über das Hindernis drüber fliegt, sondern dagegen.

Mann, Digga, das tut mir leid. Das tut mir echt voll leid für dich. Und alles nur, weil der blöde Bauer nicht aufgepasst hat.

Nein, der Bauer konnte gar nichts dafür. Ich war eindeutig viel zu schnell. Ich fuhr oft viel zu schnell. Wir mochten das beide. Und jetzt ist er tot und ich bin schuld.

Du warst selber schuld?

Die Polizei hat gemessen, dass ich ungefähr zehn Stundenkilometer zu schnell war.

Zehn Stundenkilometer? Das ist doch nichts. Der Vollpfosten hat dir die Vorfahrt genommen. Was kannst du dafür?

Zehn Stundenkilometer ist nicht nichts. Es ist alles. Es ist der Unterschied zwischen Tod und Leben. Zwischen Schuldig und Unschuldig. Zehn Stundenkilometer weniger und ich hätte vielleicht noch ausweichen können. Vielleicht wäre ich in den Acker gefahren. Vielleicht wären wir ein wenig schmutzig geworden. Oder verletzt und nach ein paar Wochen wären wir wieder zu Hause gewesen. Vielleicht hätte er sich noch öfter aufs Sofa legen müssen und ich hätte mich um ihn gekümmert. Aber er wäre nicht gegen diesen beschissenen Hänger geprallt, Ajnur. Warum bin ich blödes Arschloch nicht langsamer gefahren? Ich kann es dir sagen, Ajnur. Weil ich dachte, ich hätte immer alles unter Kontrolle. Und wer immer alles unter Kontrolle hat, der darf ja ruhig mal ein bisschen schneller fahren. Und jetzt? Jetzt ist er tot. Und da kann ich gar nichts dran machen. Da habe ich gar nichts unter Kontrolle. Da gibt es auch keinen

Neuanfang mehr. Ich wache morgens auf und sage mir: Du blödes Arschloch, warum bist du nicht langsamer gefahren. Und jeden Abend lege ich mich ins Bett und denke: Du blödes Arschloch, warum bist du nicht langsamer gefahren.

Ach Mann, ich weiß gar nicht, was ich sagen soll.

Nix. Sag nix. Hast du ne Kippe?

Du rauchst doch gar nicht.

Jetzt schon. Kommst du mit?

Ja, klar.

Weißt du, seit er tot ist, trauere ich nicht nur um ihn, sondern auch um den, der ich war, wenn wir zusammen waren. Um die Gedanken, die ich nur mit ihm hatte, die Witze, die mir nur bei ihm einfielen, das Lebensgefühl, das ich nur mit ihm zusammen hatte. Die Saite in mir, die nur er zum Klingen bringen konnte. Ich trauere nicht nur um ihn, sondern auch um den Teil von mir, der mit seinem Leben erloschen ist. Jetzt muss ich unvollständig durchs Leben gehen. Ohne diesen Teil von mir, der mir viel besser gefiel als das, was jetzt noch von mir übrig ist. Unvollständig für den Rest meiner Tage. Das ist entsetzlich, Ajnur. Das ist schlimmer als ohne Beine.

Also komm, Digga! Lass mal eine rauchen!

Wie ging das jetzt weiter mit dir und Ali?

Und Heinrich. Scheiße, Alter. Du vergisst immer Heinrich.

Ja gut. Und mit Heinrich.

Wir haben beschlossen, zusammen weiterzufahren. Bis nach Zinnowitz. Dort lag ja das Boot von Alis Vater. Helene hatte zwei Räder übrig, die hatten irgendwelche reichen Touris bei ihr vergessen und nie mehr abgeholt. Die waren eins a. Viel besser als mein inzwischen geklauter alter Hobel mit dem gerissenen Schaltzug. Ein bisschen Öl auf die Ketten, Schaltung einstellen, Reifen aufpumpen, fertig ist die Laube. Eines hatte sogar Packtaschen dran.

Heinrich wollte erst nicht mit. Er meinte an diesem Abend, als wir mit Wasser, Brot und Käse vor dem Haus saßen, er könne sich vorstellen, hierzubleiben. Enno sei ihm ein Seelenverwandter oder so. Ein Dasein in Abgeschiedenheit. Das einfache Leben. Verzicht als Bereicherung. Das Sein an und für sich. Dabei kaute er versonnen auf einem Stück Brotrinde herum.

„Ach bitte, komm doch mit“, bat Ali und kraulte ihn hinter den Ohren. „Allein mit Einer, das halt ich nicht aus. Das wird entsetzlich langweilig.“ Und dabei nahm sie meine Hand, die auf Heinrichs Rücken lag, und streichelte und drückte sie, dass mir ganz anders wurde.

„Also gut“, erklärte Heinrich und schloss theatralisch die Augen. **„Ich sei, gewährt mir die Bitte, in eurem Bund der Dritte“.**

„Na also, Heinrich, geht doch!“ sagte ich. **„Mein Freund, nun sprichst du wieder klug!“**

„Meine Herren, dass kann ja was werden mit euch“, meinte Ali.

„Oh ja, das kann was werden“, sagte ich.

„Und was ist mit deinem Vater?“, fragte sie.

„Wieso, was soll mit dem alten Drecksack sein?“, fragte ich.

„Siehst du, genau das meine ich. Du kannst nicht dein restliches Leben mit so einem Hass durch die Welt gehen. Du musst hinfahren und mit ihm reden.“

„Wohin? In den Knast?“

„Ja, klar. Wo sitzt er denn?“

„Berlin. Moabit, glaube ich.“

„Moabit?“, warf Heinrich ein. „Ist das nicht ein Untersuchungsgefängnis? Und eins für besonders schwere Jungs mit erhöhter Sicherheitsstufe? In U-Haft sitzt dein Alter ja sicher nicht mehr.“

„Keine Ahnung“, sagte ich. Das ist wahrscheinlich wegen der Scheiße, die er im Balkankrieg gebaut hat. Vielleicht sind die da noch am Ermitteln. Ich hoffe ja, sie sperren ihn bis ans Ende seiner Tage ein, damit er nie mehr rauskommt und …“

„Was und?“, fragte Ali und sah mich von unten her an.

„Naja, ich habe echt Angst, der lässt uns nie mehr in Ruhe, meine Mutter und mich.“

„Sag ich ja“, sagte Ali. Du musst hinfahren und mit ihm reden. Und ihm sagen, er soll euch in Ruhe lassen. Und was du von ihm hältst als Vater und so. Das musst du echt machen.“

„Sie hat Recht“, sagte Heinrich. Vielleicht kannst du ja dann wieder etwas freundlicher zu deinen Mitkreaturen sein.“

„Der geht mir manchmal sowas von auf den Sack, der dumme Hund“, sagte ich zu Ali. Die flüsterte Heinrich ins Schlappohr: „Das hat er nicht so gemeint.“

„Stimmt“, sagte ich. „Aber kann man denn da einfach so reinspazieren?“

Die Homepage sagte, man muss einen Termin vereinbaren. Das tat ich am nächsten Morgen. Die Frau am Telefon meinte, ich könnte gleich heute kommen, allerdings muss ich bis 13 Uhr da sein.

Ich war fast vier Stunden unterwegs, der Bus von Gorgast hatte Verspätung und am Bahnhof in Golzow konnte ich meinem Zug gerade noch hinterherwinken, saß dann über eine Stunde rum, bis der nächste kam, und wusste schon, dass ich nicht pünktlich kommen würde. Ich versuchte, in der JVA anzurufen, um zu sagen, dass ich später kommen würde, aber es ging keiner ran. Also saß ich am Bahnsteig und wartete und war dabei doch total abgehetzt. Ich hasse das. „Verspätungen können zu einer Neuterminierung führen“, stand auf der Homepage. Eigentlich wäre mir das ganz recht gewesen. Ich war drauf und dran, den Schwanz einzuziehen und zurückzufahren.

Überhaupt standen da voll lustige Sachen auf der Knast-Homepage, Alter. Hier schau mal das zum Beispiel. Moment – hier: „Aus Anlass ihres Besuches können Besucher/-innen zweimal im Monat Nahrungs- und Genussmittel aus bereitstehenden Automaten für jeweils maximal 15 Euro (monatlich gesamt 30 Euro) erwerben und dem Gefangenen übergeben lassen.“ Da kannste deinem Totschlägervater für fünfzehn Euro wahrscheinlich ein Hanuta und ´nen Fruchtzwerg mitbringen. „Schau mal, was ich hier Schönes für dich habe, Papi!“

Was für ein verrückter Ort, Alter, so ein Knast! Ich glaube, da gelten ganz andere Regeln als hier draußen in Freiheit. Das machte mir echt eine Scheißangst. Dabei musste ich unbedingt cool und ruhig sein, wenn ich meinem Vater gegenüberstand. Aber so wurde daraus sicher nichts. Ich war total aufgeregt und spürte, wie mein T-Shirt unter dem Armen feucht wurde, obwohl ein eiskalter Wind auf dem Bahnsteig wehte. Ich überlegte, ob ich meiner Mutter schreiben sollte, dass ich dabei war, den Alten zu besuchen, ließ es aber.

Wieso?

War abgelenkt.

Wovon?

Da war diese Krähe.

Welche Krähe?

Naja, ne Krähe halt.

Und was hat die gemacht?

Die hat so komisch geschrien, so laut. Und sah total strange aus dabei. Mann, ich kann das nicht so erklären. Ich erzähl´s dir. Aber du musst es anders schreiben, als ich rede. Damit das auch wirkt. So wie in einem Roman oder so.

OK, erzähl!

Über ihm, auf der Stromleitung über den Gleisen, saß eine einzelne Krähe und schrie. Ihre scharfen Rufe durchschnitten den grauen Schleier des Nieselregens. Bei jedem Schrei spannte sich ihr Körper, bildete eine schräg aufsteigende Linie von der Schwanzfeder bis zum Schnabel, als würde das ganze Tier zum Schallrohr, zur Fanfare, die im sich öffnenden Schnabel mündete, aus dem es einen weit in die Monotonie der Gleisanlagen ausgreifenden Ruf entsandte. Diese herrischen Krähenrufe waren ihm von den langen Spaziergängen mit dem Großvater über die Felder in Bosnien seit frühester Kindheit vertraut. Später hatte er immer wieder einmal das heißere Krächzen der Krähen aufgenommen, weil er es in seinen Musikstücken verarbeiten wollte, aber es war ihm nie zu seiner Zufriedenheit gelungen, nur einmal, in einer Vertonung von Hermann Hesses Gedicht

„Im Nebel“.

Heute war es anders. Diese Krähe auf ihrem Kontrollposten über den Gleisen zeigte deutlich das wahre Wesen dieser Rufe, die nach einer Warnung, nach einer Drohung, nach Besitz- und Machtanspruch klangen: „Wenn du diesen, meinen Ruf hörst, dann wisse: Dies ist mein Reich. Dies da unten zwischen den Steinen sind meine Pommes, meine Essensreste aus dem Schnellrestaurant im Bahnhofsgebäude. Ich werde nicht mit dir teilen und ich werde deine Anwesenheit nicht dulden. Mein Herz ist hart und mein Schnabel ist noch härter.“

Die Kreatur will nicht teilen. Die entsetzliche Unentrinnbarkeit des Habenwollens drückte ihn nieder. So wie die Krähe, so strecken auch wir uns aus in die Höhe, doch nicht zum Himmel empor. Nicht um unsere Nichtigkeit zu überwinden, nicht um unser kleines Leben himmelwärts auszudehnen. Wir strecken uns, um die Füße fester in den Boden zu stemmen, breitbeinig, um der Erde und ihren Gesetzen verhaftet zu bleiben. So stehen wir da und behaupten unseren Besitz gegen Gott und die Welt, spannen, wie jene Krähe, alles an, was wir haben, jeden Muskel, jede Gehirnzelle, jedes Gefühl, jede Seelenregung. Und wozu das alles, dieser unausgesetzte Kampf und Krampf? Um zu besitzen.

Und wenn wir es uns dann erkämpft haben, das schöne große Haus, die zwei schicken Autos, die interessantesten Reisen, dann setzen wir uns im schwarzen Gefieder unserer Selbstgerechtigkeit auf die höchste Hochspannungsleitung, die wir finden können, scheißen auf die Kreaturen unter uns und posten auf Instagram unser digitales Gekrächze in die finstere Nacht.

Passt das so?

Jou, Digga. Gar nicht schlecht.

Und dann?

Dann habe ich mir gedacht, ach scheiß drauf, und hab mir eine Kippe gedreht. **Verflucht sei Mammon.** Da kam die Bahn. Ich zögerte. Dann stieg ich ein. Der Zug war brechend voll. Die Leute standen in den Gängen und vor den Toiletten, Koffer und Rucksäcke zwischen ihnen. Seit die dieses Neuneuroticket eingeführt hatten, fuhren alle mit dem Zug. Sprit war teuer, Zugfahren billig. So einfach ist das. So bringst du die Leute zu weniger klimaschädlichem Verhalten: es muss billiger sein. Ich hatte noch einen Stehplatz neben dem Klo ergattert.

Schräg vor mir saßen zwei ältere Frauen. Sie strickten. Ihre massigen Leiber behaupteten zusammen mit einer unüberschaubaren Menge ähnlich massiger Handtaschen und praller Stoffbeutel vier Sitze. Keiner wagte es, sie aufzufordern, ihre von Handarbeitsutensilien und Proviant überquellenden Taschen von den Polstern zu nehmen. Auf dem Tischchen zwischen ihnen lagen Mützen, Socken, Handschuhe, alles offenbar selbst hergestellt. Das Ganze mutete an wie ein improvisierter Verkaufsstand. Seit wieviel Tagen sind die in diesem Zug unterwegs? Oder stellen sie die Produkte einer Arbeitswoche zum Verkauf aus?

Sie sprachen nicht, nadelten nur schweigend ohne Unterlass. Dabei beobachten sie scharf jeden Mitfahrer in ihrem Gesichtskreis. Keine Regung, kein Dialog, keine Lebensäußerung entging ihrer wachen Aufmerksamkeit, die durch die Handarbeit nicht gebunden, sondern im Gegenteil aktiviert und geschärft schien. Dabei waren sie jeder

Diskretion enthoben. Sie strickten ja. So beäugten sie unverhohlen und reglos jede Regung der Mitreisenden. Das Stricken befreite sie von der Teilhabe, von der drangvollen Enge, die jenseits ihrer weich beladenen Wollinsel herrschte, von jeglicher Art zu kommunizieren, sich irgendwie den Mitfahrenden gegenüber zu verhalten. Es machte sie zu perfekten Zuschauerinnen, zu selbst über jedes Urteil erhabenen Richterinnen.

Ich werde stricken lernen. Kacke ist bloß, dass ich dieses Selbstbewusstsein der beiden Frauen nicht habe. Da helfen auch keine Maschen. Aber irgendwann hat´s mir dann echt gereicht. Die ließen andere stundenlang stehen, nur damit ihre schwangeren Wolltaschen einen Sitzplatz hatten? „Sie gestatten doch“, sagte ich zu der einen, nahm das ganze Durcheinander aus Taschen, Beuteln, Tüten und packte es ihr auf den umfangreichen Schoß. „Vielen Dank, sehr freundlich!“ Ich lächelte sie an und setzte mich. Sie sah mich mit weit aufgerissenen Augen an, als wäre ich eines der schleimigen Monster aus Men in Black, dann wandte sie sich ohne ein Wort zu sagen mit einem Ruck ihres ganzen Oberkörpers von mir ab, drückte sich eng an die Wand und sah angestrengt zum Fenster hinaus, während ihre Nadeln schneller klapperten.

Blöd – ich merkte erst jetzt, dass ich gegen die Fahrtrichtung saß. Ich hasse es, mit dem Rücken zur Fahrtrichtung zu sitzen. Du siehst nur, was schon vorbei ist, sich schon wieder von dir entfernt. Die Dinge sind vergangen, noch bevor du sie wahrnimmst. Was in Fahrtrichtung noch kommt, existiert nur im zweiten Futur: Es wird gewesen sein. Wie dein Leben. Am unangenehmsten sind lange Tunnel, wenn vor den Fenstern nur noch Schwärze steht. Der bloße Gedanke, du säßest plötzlich umgedreht oder der Zug hätte unmerklich und wundersam die Fahrtrichtung gewechselt, genügt: Wenn die Tunnelöffnung passiert ist und dir das gleißende Stroboskop der Sonne die Welt zerhackt und die Wälder, Berge, Dörfer wieder rasend schnell im zweiten Futur verschwinden, als würden sie in Panik davor fliehen, in dein Bewusstsein gesogen zu werden, dann wird dir so übel geworden sein, dass du schwankend die Toilette aufsuchst.

Und die ganze Fahrt über hatte ich eine Scheißangst. Die ganze verfickte Zugfahrt, Alter. Das hat mich so angepisst, echt jetzt. Eigentlich habe ich immer Angst gehabt. Mein ganzen Leben lang. Vor diesem Typen. Angst war mein zweiter Vorname. Ich hatte sogar Angst vor ihm, wenn er nieste. Ein gewaltiges Niesen war das, begleitet von ein kehlige Ton, der so laut war und der so plötzlich, unerwartet gegen die Ohren schlug, dass du dich unweigerlich zusammenduckst, in Deckung gehst. Und dann wieder und wieder. Scheiße, Alter! Wie der geniest hat! Zehnmal hintereinander. Gerne auch beim Autofahren. Dann musste meine Mutter dem Lenkrad halten, weil es ihn so riss, dass er das Auto nicht mehr auf der Straße halten konnte. Und weißt du was? Mir geht´s neuerdings auch so. Plötzlich muss ich auch zehnmal hintereinander niesen. Wie so ein altes Moped mit Fehlzündungen. Dann sag ich mir immer: Scheiße, Ajnur! Du bist wie dein Vater.

So wirres Zeug dachte ich und sah zu, wie die ersten Berliner Hochhäuser an die Fenster vorbei durch den grauen Nieselregen hetzten. Vom Berliner Hauptbahnhof konnte ich zu Fuß gehen. Invalidenstraße nach links, dann rechts nach Alt-Moabit. Eine dreispurige Einbahnstraße, plötzlich ein bestimmt vier Meter hoher schwarzer Stahlzaun, oben mit Spitzen, die aussahen, als würde jeder, der darüber zu klettern versucht, sofort aufgespießt. Wahrscheinlich lassen sie den dann da hängen. Zur Abschreckung. Endlich ein großes Tor, daneben eine lächerlich winzige weiße Tafel: „JVA Moabit Besuchereingang“. Heilige Scheiße, Alter! **Ihr, die ihr hier eintretet, lasst alle Hoffnung fahren!**

Ich musste meinen Ausweis zeigen und mein ganzes Zeug in ein Schließfach sperren. „Sie sind ja viel zu spät! So geht das aber nicht.“ Dann führte mich aber doch jemand zum Besuchsraum. Echt, Alter, wie im Film. Ein riesiges Gelände. Innen noch einmal ein zweiter Zaun, ich glaube, noch höher als der erste. Und mit drei Lagen Stacheldrahtrollen obendrauf. Ewige, nicht endende dunkle Backsteinmauern. Gitter. Dahinter schwarze Löcher statt Fenstern. Verfluchte Scheiße, Alter! Was für ein deprimierender Ort! **Mich fasst ein längst entwohnter Schauer, der Menschheit ganzer Jammer fasst mich an!**

Ich weiß nicht, wie lange wir über betonierte Höfe und hallende, menschenleere Gänge liefen, wie viele Türen die Beamtin vor uns aufschloss und hinter uns wieder zuschloss. Kam mir ein bisschen vor wie ein Computerspiel für Depressive. Endlos unterwegs im ersten Level. Jede geöffnete und wieder geschlossene Tür gibt Punkte, dazu gibt´s ein laut hallendes schwermetallisches Kawumm auf die Ohren.

Plötzlich standen wir in einer Halle mit Tischen und Stühlen. An den meisten Tischen saßen zwei oder drei Personen und unterhielten sich gedämpft. Aber das Komische war, dass man das nicht sehen konnte, weil sie alle Masken trugen. Man hörte es nur als dumpfes, an- und abschwellendes Rauschen, als wäre im Keller ein U-Bahnhof, wo ständig Züge an- und abfahren. „Die Besuchszeit dauert noch zwanzig Minuten", raunte mir die Wachfrau zu und ging. Hinter ihr fiel die Tür mit einem wütenden Knall ins Schloss. Das Rauschen brach ab. Alle sahen zu mir.

Ich hatte Kippen mitgebracht. Das kannte ich aus Filmen. Und mein Alter hat schon immer geraucht wie ein Schlot. Und dass er im Knast damit aufhört, konnte ich mir beim besten Willen nicht vorstellen. Hat er auch nicht.

Der Besuchsraum sah ein bisschen so aus wie der Speisesaal in einer Jugendherberge: weiße Tische mit Stahlrohrstühlen auf Fliesenboden. Alles sehr kalt, laut und hallig. „Krasser Sound", dachte ich und wollte gerade die Aufnahmefunktion an meinem Handy einschalten, als ich ihn sah. Zuerst hatte ich ihn gar nicht erkannt. Ist ja schon eine Weile her. Und er hatte keine Haare mehr auf dem Kopf. Dafür hatte er sich einen talibanmäßigen schwarzen Vollbart stehen lassen, der schon von grauen Fäden durchsetzt war.

Er war der Einzige, der noch allein an einem Vierertisch saß. Er stand auf, als er bemerkte, dass ich auf ihn zuging. Der war echt kleiner als ich – das machte mich voll fertig. Ich bin größer als mein Vater, verstehst du? Ich bin größer als mein eigener Vater. Dabei hat er mich immer Zwerg genannt. Und in meiner Erinnerung ist er ein muskelstrotzender, unbesiegbarer Riese. Und jetzt steht der vor mir und ist kleiner als ich. Ich konnte die kleinen roten Pickel auf seiner Glatze sehen. Vorne am Hals hatte er sich einen Adler mit zwei Köpfen tätowieren lassen, unter dem rechten Ohr reckte ein Skorpion seinen drohend erhobenen Schwanz bis zum kahlen Schädel hinauf.

„Wer bisdu? Was willsdu?“, herrschte er mich an.

„Das gibt’s doch gar nicht“, dachte ich, „der erkennt mich nicht.“

„Ich bin´s, Aynur“, sagte ich, „Aynur – dein Sohn? Und ich will, … also, ich wollte …“

Verdammte Kacke, ich hatte keine Ahnung mehr, was ich eigentlich von ihm wollte, warum ich überhaupt den ganzen weiten Weg hierhergekommen war. Immer das Gleiche: Wenn es darauf ankommt, schaltet sich mein Gehirn ab und ich stottere rum wie ein totaler Vollpfosten. Außerdem war ich voll geflasht, dass er mich nicht erkannte. Dann sah ich, wie er nach einer Brille angelte, die auf dem Tisch lag. Der hatte doch noch nie eine Brille! Er setzte sie auf und sah mich an, als wäre er ein Hautarzt und ich hätte einen voll interessanten Ausschlag im Gesicht.

„Ich will meinen Vater besuchen, wenn du nichts dagegen hast“, bekam ich schließlich raus und wunderte mich ein bisschen, warum meine Stimme so wütend klang. „Findest du das nicht normal? Manchmal kommt es vor, dass Söhne ihre Väter besuchen. Zum Beispiel, wenn die im Knast sitzen.“

„Ach Mensch Einer, du bist`s! Sorry, hab dich nicht erkannt, Kleiner. Bist groß geworden.“

Und dann hat er mich echt umarmt, mich mit seinen dicken Pratzen an seinen fett gewordenen Bauch gedrückt und dabei meine Arme so eingequetscht, dass ich gar nichts machen konnte, weder die Umarmung erwidern noch ihn wegschieben. Und dann, dann kam echt das Allerschlimmste. Ich habe das aber erst später gemerkt, dass das das Allerschlimmste war, als ich es Ali erzählt habe. Sie saß mir gegenüber auf der alten Matratze in meinem Zimmer, spätabends, und Heinrich schlief neben uns auf seiner Decke und schnarchte leise und zuckte nur manchmal leicht mit der Schnauze und sie hörte mir einfach still zu, dann hat er mir nämlich auf beide Wangen einen feuchten Kuss gedrückt. Weißt du, ich habe keine Ahnung, ob der mich früher jemals geküsst hat. Ich erinnere mich sehr gut an Ohrfeigen, Kopfnüsse und Arschtritte. Aber niemals an einen väterlichen Kuss, Ali. Nicht dass es mir an Küssen gemangelt hätte in meiner Kindheit. Meine Mama und meine Oma waren, was das anging, nicht geizig. Ich wurde ständig abgeküsst. Wie Rehmütter, die ständig schnuppern müssen, ob das auch noch ihr richtiges Junges ist, oder ob man ihnen irgendeinen Alien untergejubelt hat. Als müssten sie mich zwischendurch immer mal wieder sauberlecken. Weißt du, eigentlich sah mein Gesicht früher mal ganz anders aus: volle Lippen, markantes Kinn, römische Nase. Das haben die alles plattgeleckt, sag ich dir. Wie der Fuß vom Heiligen Petrus im Petersdom: die schönsten Stellen weggeküsst im Lauf der Jahre. Hey Ali, jetzt hör aber auf! Lass das! Jetzt fängst du auch noch an! Hör sofort auf damit! Du machst es nur noch schlimmer. Oder nein, ich hab´s mir überlegt – mach weiter – hier noch ein wenig. Und da noch ein bisschen. Und hinterm Ohr. So, jetzt ist aber gut. Vielleicht braucht so ein Junge auch einen gewissen Anteil an väterlichen Küssen. Weil, wenn er immer nur weibliche bekommt, wird er vielleicht ein bisschen komisch. So wie ich. Sehr komisch? Findest du? OK, wenn du meinst: sehr komisch. Ja, du hast ja recht. Ich lenke ab.

Wir setzten uns an den Tisch, Vater und Sohn, einander gegenüber. Die Stühle machten dieses krasse Geräusch auf dem Boden: Eisen auf Stein. Als ich ihn ansah, hatte er Tränen in den Augen. Das war mir sehr unangenehm. Mein Vater, der Säufer, Schläger und Kriegsverbrecher, flennte. Ich konnte das nicht ertragen.

„Hör auf zu heulen", sagte ich. Genau wie er früher zu mir, wenn er mir eine reingehauen hatte: „Hör auf zu heulen! Sonst kriegst du gleich noch eine."

„Hör auf", sagte ich. „Was flennst du hier rum? Du hast gar kein Recht dazu!"

Ich dachte: „Jetzt haut er dir eine rein. Wie immer halt, wenn du aufmuckst". Aber nichts Derartiges passierte. Er wischte sich mit dem Ärmel seines grauen Kapuzenpullis den Rotz aus dem Gesicht und sein Blick irrte unsicher durch den Raum, streifte mich nur ganz kurz, blieb dann an der Tischplatte direkt vor ihm hängen, wo er anfing, mit dem Fingernagel an einem gelblichbraunen Fleck herumzukratzen.

„Ich weiß", sagte er mit einer Stimme, die klang, als drückte ihm das schwarze Tattoo über seinem Kehlkopf die Luft ab. „Du bist der, der heulen sollte, weil du so einen Scheißvater hast."

Ich spürte, wie in mir eine Scheißwut aufstieg. Meine Kopfhaut kribbelte, als würde Strom darüber geleitet. Was für eine beschissene Show zog der hier ab? Und für wen? Für mich? Dachte der echt, ich glaube ihm diese Selbstmitleidsnummer? Für den Beamten, der hinter einem halbhohen Verschlag an einem Computer saß und misstrauische Blicke zu uns herüberwarf? War das seine Masche hier – den reuigen Sünder geben, damit er bald wegen guter Führung und günstiger Sozialprognose rauskam und meiner Mutter den Rest geben konnte?

„Ja genau, du verdammtes Arschloch“, sagte ich. „Ein echter Scheißvater warst du.“ Er knipste weiter an dem Fleck rum und zog den Rotz in der Nase hoch wie ein Kind. „Ist ja echt richtig geil, dass du´s schon selber gemerkt hast. Du hast dich einen Scheißdreck um mich gekümmert. Und mir trotzdem an jedem einzelnen verfickten Tag meines Lebens gezeigt, was für eine Enttäuschung ich für dich war.“

Er sah mich jetzt aus roten, zusammengekniffenen Augen an, so von unten herauf. Seine Stirn sah aus wie ein Kartoffelacker von oben, in tausend Falten gelegt. Was sollte dieser Dackelblick? Ich wurde immer wütender. Der Beamte sah jetzt unverwandt zu uns her.

„Weißt du, was echt das Übelste war? Wirklich richtig entsetzlich? Du hast meine Mutter geschlagen. Geschlagen und gedemütigt. Ihr Weinen nachts, wenn du endlich eingeschlafen warst. Damals habe ich mir vorgenommen, dich zu erschlagen, wenn du es wieder tust. Und du hast es wieder getan, du Arschloch. Wieder und immer wieder. Und ich konnte nichts dagegen tun.“ Ich muss wohl geschrien haben, denn alle sahen jetzt zu uns her. Der Beamte erhob sich von seinem Stuhl und kam schnurstracks durch den Raum zu uns rüber.

Ich beugte mich ganz nah zu meinem Vater und sagte schnell und leise: „Jetzt ist alles anders. Ich bin nicht mehr dein Zwerg. Wenn du irgendwann hier rauskommst – wenngleich ich hoffe, du verrottest hier drin – wenn ich dich dann jemals in Mamas Nähe sehe, dann erschlage ich dich."

Der Beamte stand jetzt direkt vor uns. Ich beugte mich zum Ohr meines Vaters und flüsterte: „Hast du das verstanden, Alter? Ich erschlage dich." Dann stand ich auf und ging.

So war mein Plan. Ich wollte aufstehen und gehen und das Kapitel meines Lebens, das „Mein Vater und ich" hieß, ein für alle Mal zuschlagen. Aber es ging nicht. Ich konnte nicht aufstehen. Mein Alter hatte unter dem Tisch meinen kleinen Finger gepackt und bog ihn nach hinten, sodass ich mich auf meinem Stuhl tief nach unten beugen musste, wollte ich nicht riskieren, dass der Finger brach. Der Wachmann sah über uns hinweg in den Raum und nahm keine Notiz von meinem unter der grauen Resopalplatte verborgenen Schmerz. Jetzt war es mein Vater, der sich zu mir herabbeugte, sein Gesicht ganz nah an meines, so nah, dass ich seinen Atem spürte, der nach kranken Zähnen und schlechter Laune roch.

„Du willst mich erschlagen, du Zwerg? Das hat schon einer versucht. Hat´s nicht geschafft. Dabei war der geübt im Erschlagen anderer Leute. Du kannst mich nicht erschlagen, kleiner Einer. Du bist vielleicht heller im Kopf als ich. Aber was das angeht, das Erschlagen, da bin ich besser als du. Glaub mir!"

„Ist bei Ihnen alles in Ordnung?", fragte der Beamte, der mit auf dem Rücken verschränkten Händen an unserem Tisch stand."

„Ja, klar. Das ist mein Sohn. Der geht aufs Gymnasium. Ist keine Umgebung für ihn hier.“ Der Beamte zuckte mit den Schultern und wandte sich ab.

Er bog meinen Finger ein klein wenig weiter nach hinten, sodass ich mich noch tiefer ihm entgegen beugen musste. Als wollten wir uns küssen, so nah waren unsere Gesichter einander.

„Aber du liebst deine Mama. Das ist gut. Liebst die Mama und willst den Papa erschlagen. Da gibt´s doch diese eine Geschichte da, wie heißt die nochmal? Irgendwas mit Pussy oder so. Hat die eigene Mutter geheiratet. So ein perverses Muttersöhnchen. Bist du auch so einer, Einer? Und ich dachte immer, du wirst mal schwul. Weißt du, Kleiner, das mit dem Erschlagen, das wird nix. Wenn du deine Mutter beschützen willst, dann musst du das anders machen. Das Erschlagen überlässt du besser denen, die etwas davon verstehen.“

Dann ließ er meinen Finger los. Ich stand auf und ging.

„Das hast du gut gemacht, Ajnur“, sagte Ali, während sie ihre langen Haare kunstvoll verknotete und mit einem Haargummi, den sie immer plötzlich ums Handgelenk hatte, zusammenband.

„Was? Ich habe verloren. Wie immer. Erst macht er einen auf reumütiger Papi und heult rum, und dann zeigt er mir, wer der Stärkere ist.“

„Der Brutalere, meinst du.“

„Nein, der Stärkere. Er hätte mir ohne mit der Wimper zu zucken den Finger gebrochen.“

„Ja, eben. Der Brutalere also. Der Stärkere warst du. Er weiß jetzt, dass du niemals zulassen wirst, dass er deine

Mutter noch einmal anfasst. Das merkt der sich. Glaub mir! Weil er weiß, dass er dagegen nicht ankommt. Dass er zu so einem Gefühl niemals in der Lage ist. Weil er zu schwach dafür ist. Und weil das aber das einzige Ideal in der Welt ist, das er kennt: dass man seine Mutter liebt."

„Meinst du?"

„Meine ich."

Und dann, mein Alter, dann hat sie mein Gesicht in ihre Hände genommen, hat mich angeschaut und gesagt: „Deine Liebe macht dich stark, Ajnur".

Und weißt du, Alter, da bekam ich echt Pipi in die Augen. Ich drehte mich schnell weg und sagte: „Der Scheiß Finger tut mir aber trotzdem weh."

Du hattest Schiss, Ajnur. Schiss vor deinen eigenen Gefühlen.

Ach, halt doch die Fresse, Digga. Was weißt denn du.

Über Schiss vor den eigenen Gefühlen? Darüber weiß ich alles. Da bin ich Profi.

Track 14

Hey Ajnur, nicht so schnell! Was rast du denn so durch die Gegend?

Platz, süßer Pöbel! Platz!

Na, dir geht's ja gut heute. Der Nachmittag mit deiner Mutter war wohl gut gestern?

Worauf du einen lassen kannst. War richtig gut. Und außerdem komme ich seit heute problemlos vom Boden in den Rollstuhl. Ich bin der absolute Profirollstuhlkrabbler. Mit der Nummer werde ich noch berühmt.

Ganz toll, Ajnur. Wirklich ganz toll. Darauf trinken wir jetzt zusammen einen verwegenen Pfefferminztee. Und du erzählst mir, ob ihr wirklich zusammen losgefahren seid.

Klar sind wir. Gleich am nächsten Morgen, nachdem ich von Berlin zurückgekommen war, packten wir unsere Sachen zusammen. Und dann sagten wir Martin Bescheid, dass wir ihn zum Essen einladen wollen, und riefen Helene an, ob sie auch kommen mag. Dann kochten wir zusammen.

Was gab's denn?

Mein Spezialgericht. Salaminudeln. Weil recht viel mehr kann ich nicht außer vielleicht noch Spaghetti mit Tomatensoße. Aber wir nannten es Pasta alla Gorgast. Ali schnitt ein Stück Salami in kleine Würfel und briet sie an, während ich Zwiebeln und Knoblauch klein hackte. Das kommt zur Salami, wird auch mit angebraten, dann kommen Unmengen Tomatenmark drauf, je mehr desto besser, Salz und Pfeffer, alles unter die Nudeln mischen und zum Schluss frischen Basilikum drüber. Alter, da könnte ich mich reinlegen. Heinrich findet das auch unglaublich lecker. Die anderen drei so naja. Aber es war ein sehr schöner Abend. Unser Abschiedsabend.

„Und ihr wollt also wirklich zusammen nach Usedom fahren?", fragte Helene und kratzte sich mit dem Fingernagel eine Salamifaser zwischen den Schneidezähnen raus.

„Ja, ich will", sagte Ali. „Los, jetzt du!" Sie stieß mir mit dem Ellbogen zwischen die Rippen.

„Ja, ich will", sagte ich gehorsam.

„Meinetwegen", knurrte Heinrich.

„Vorsicht mit diesem Satz!", rief Martin. „Ich mahne und warne. Damit hat sich schon mancher ins Unglück gestürzt."

„Na, du musst´s ja wissen", grummelte Helene und nahm einen Schluck von dem Dreineunundneunzigwein, den ich besorgt hatte. Sie verzog das Gesicht ein wenig, hatte sich aber gleich wieder unter Kontrolle. „Oh, gar nicht mal so gut", meinte sie und stellte das Glas vor Martin. Der probierte auch einen Schluck.

„Ich glaube, als Messwein taugt der nicht", befand er. „Wo wollt ihr denn jetzt genau hin?"

„Wir fahren nach Zinnowitz. Dort gehen wir auf das Boot meiner Eltern", sagte Ali. „Wir wollen die ganze Küste abfahren und nachhaltige Projekte besuchen, klimaneutrale Wohnprojekte, ökologische Landwirtschaftskooperativen, und wir wollen einen Blog schreiben und darüber berichten. Vielleicht können wir nach Polen fahren oder sogar weiter bis ins Baltikum"

„Und deine Eltern sind damit einverstanden?", fragte Helene zweifelnd.

„Das ist mir echt gerade scheißegal. Denen bleibt nichts anderes übrig. Und das Boot vertrauen sie mir schon an, schließlich haben sie mir den sauteuren Hochseeschein bezahlt."

„Und du, Ajnur?" Helene ließ nicht locker. „Was ist mit der Schule? Und mit deiner Mutter?"

Scheiße, ich wusste nicht, was ich sagen sollte. Weil, das machte mir ja wirklich Kopfzerbrechen. Aber Ali war so begeistert, ich konnte sie unmöglich enttäuschen.

„Alles palletti", sagte ich. „Habe ich längst geregelt. Die Schule beurlaubt mich für ein paar Monate. Und meine Mutter ist eh einverstanden."

Das war gelogen.

Stimmt. Einerseits. Mir war ja auch nicht wohl dabei. **Zwei Seelen wohnen, ach, in meiner Brust. Die eine will sich von der anderen trennen.** Ich konnte doch unmöglich Ali enttäuschen. Und außerdem dachte ich, die Schule könnte mich ja wirklich für drei Monate befreien. Wenn der Herr Sohn vom Herrn Diplomingenieur und von der Frau Doktor ein Kiffersemester in San Francisco machen will, ist das ja auch kein Problem. Da war unser Projekt doch echt viel sinnvoller. Und irgendwie auch viel lehrreicher, oder? **Grau, teurer Freund, ist alle Theorie und grün des Lebens goldner Baum.**

Und meine Mutter, dachte ich, die rufe ich später an. Die wird das schon verstehen. Und wenn ich ihr von Ali erzähle, dann freut sie sich für mich. Dachte ich.

Am nächsten Tag, in aller Frühe, fuhren wir tatsächlich los, Ali und ich. Ajnur und Ali. Und Heinrich natürlich. Für den hatte ich auf der Packtasche, die mir Martin anstelle meiner löchrigen Alditüte geliehen hatte, eine Obstkiste festgeschnallt. Darin lag seine Decke aus unserem Zimmer. Wir waren alle drei total aufgeregt. Martin und Helene gaben uns noch ein Fresspaket mit auf den Weg, dann standen sie da vor dem Haus wie die zwei Alten im Märchenbuch und winkten uns nach und Ali stellte sich in die Pedale, trat rein wie blöd und ich sah ihr nach und dachte so: krass, Ajnur, die fährt jetzt echt mit dir los und freut sich auch noch drüber. Dann drehte ich mich noch einmal um und sah Martin und Helena an. „Danke!", sagte ich.

„Bis die Tage", sagte Helene. „Macht´s gut", sagte Martin. „Bitte", sagte Heinrich.

Ich holte Ali erst auf dem kleinen Sträßchen ein, das wie ein Linealstrich auf der Landkarte durch die Felder Richtung Oder führte. Dichter weißer Nebel legte sich schwer über die flache Landschaft, oben schauten die Spitzen der Hecken und windschiefen Obstbäume heraus, die ein wenig verloren in der Gegend herumstanden. Ab und zu konnte man zwischen den fetten, feuchten Wolkenschwaden die bleiche Sonne erahnen wie so eine funzelige kleine Taschenlampe, wenn die Batterie gleich alle ist. Es war ganz schön kalt für Ende August, aber wir fuhren schnell, die Bikes liefen saugut. Alis Gesicht war vom nebelfeuchten Wind ganz rot und wach, sie fuhr neben mir und strahlte mich an, und ihre Haare schimmerten dunkel und feucht, und da wurde mir warm.

Als wir an die Oder kamen, begann es zu regnen.

Es schüttete den ganzen Tag wie aus Kübeln, der Himmel pisste, als kriegte er es bezahlt. Alles war durchnässt und sandig, selbst die Klamotten, die wir in Plastiktüten in den

Fahrradtaschen verstaut hatten. Der Weg, bergauf, bergab, stundenlang, war unbefestigt und vom Dauerregen völlig aufgeweicht. Wir sahen aus wie die Schweine. Unsere Beine waren mit einem schlammgrauen festen Panzer überbacken. Die sahen aus wie panierte Frühlingsrollen. Irgendwann war meine Kettenschaltung komplett zugekleistert und funktionierte überhaupt nicht mehr. An einem Dorfbrunnen hielten wir, wuschen uns die Beine, der Schlonz ging echt kaum runter, und befreiten Ketten und Schaltung von dem zähen Schlamm. Als ich mit meinem Fahrrad und meinen Beinen einigermaßen fertig war, wusch ich noch ein bisschen an Alis Füßen herum. Sie meinte, ich würde die Situation schamlos ausnützen. „Stimmt genau“, sagte ich und trocknete ihre Füße mit Heinrichs Decke ab.

„Geht´s noch, Alter?“, rief der, sprang unter seiner Plastiktüte hervor und riss mir die Decke aus den Händen, um sie wieder in seine Kiste zu legen. „Mann, echt Alter, ist doch sowieso alles feucht, du Ferkel!“, schimpfte er weiter und suchte eine einigermaßen bequeme Position in dem klammen Gewühle. Da beugte sich Ali zu ihm hinab und verbarg ihr nasses Gesicht in seinem Fell. „Hmm“, schnurrte sie, „du bist so schön weich und warm“. Und er, der alte Verräter, hielt ganz still, während sie sich das Gesicht an ihm abtrocknete.

Schließlich kamen wir nach Schwedt. Mein Radführer sagte, es gebe hier einen Campingplatz. Gnädigerweise nieselte es nur noch leicht. Es gab eine schöne Wiese für die Zelte direkt an der Oder und ein Haus mit Umkleiden und Duschen für Männer und Frauen getrennt. „Komm doch einfach mit zu den Männern“, sagte ich, meinen von

Oma selbstgenähten Waschbeutel unter dem Arm. War ja sonst gerade keiner da. Und Ali so: „Echt jetzt? Ich dachte, du duschst lieber allein, hast du doch neulich gesagt, oder?"

„Jaja, schon", gab ich zu. „Aber du musst das aus ökologischer Sicht betrachten. Wer zu zweit duscht, braucht weniger Wasser. Da muss man halt auch mal Opfer bringen für´s Klima".

Mit der Wasserersparnis war es aber dann doch nicht so weit her. Du musst dir vorstellen, wir hatten einen ganzen Duschsaal mit zehn Brausen für uns, die wir der Reihe nach durchprobierten. Dann zeigte sie mir noch ihren Regentanz. Der gefiel mir so gut, dass – naja, jedenfalls meinte sie: „Ich glaube, du brauchst eine Abkühlung" und drehte über mir das kalte Wasser auf. Ich zog sie schnell zu mir und da standen wir nun eng umschlungen unter dem wirklich eiskalten Wasserstrahl und prusteten einander Wasser ins Gesicht.

Als wir zum Zelt zurückkamen, schüttelte Heinrich missbilligend den Kopf. Er räkelte sich nach einem Bad in der Oder tropfnass und faul im warmen, dampfenden Gras, auf dem eine freundliche Abendsonne lag, als wäre nichts gewesen: „Hier verdorrt alles, die Jahrhundertdürre schlägt unbarmherzig zu, und ihr veranstaltet da drin stundenlang Wasserspiele, ihr Umweltfrevler!"

„Hat doch den ganzen Tag geregnet", murmelte Ali, schaute aber ganz betroffen und bekümmert.

Später kochten wir uns in der Gästeküche Nudeln, machten ein Glas Pesto auf und schnippelten eine Gurke dazu. Das war vielleicht gut, Alter! Ich hatte einen solchen Hunger. Wir aßen zu dritt die ganze Packung Spaghetti und tranken Bier dazu. Wie gut, dass wir vorher eingekauft hatten.

Ein paar Meter neben uns standen inzwischen noch zwei kleine Zelte, zwei Radfahrerinnen, etwas älter als wir, beide blond und langhaarig, beide in engen Yogahosen und Bikinioberteil, saßen auf stylischen Campingstühlchen und kochten auf ihrem Gaskocher irgendein Fertiggericht. Später, beim Abspülen, traf ich die eine von ihnen. Ich dachte mir, ich fange einfach mal eine kleine Plauderei unter Gleichgesinnten an, was ich eigentlich gar nicht so gut kann, aber ein bisschen Kommunikation mit anderen Menschen ist ja eigentlich schon wichtig.

„Na, ihr seid auch mit dem Rad auf Tour?"

Zugegeben, das war weder besonders intelligent noch originell, aber mit etwas gutem Willen hätte sie da doch was draus machen können: „Ja, wir wollen nach ... Ihr wohl auch? Wo kommt ihr denn her?" Aber sie schaute mich an mit einem Blick, als hätte ich ihr einen stinkenden Fisch angeboten, wechselte dann die Maske zu einem hübschen Lächeln, meinte: „Ja, mega, oder?" und drehte ab.

Als wir müde, satt und zufrieden in unserem Zelt lagen, hörten wir noch lange zu, wie die beiden einander erzählten, wie toll ihr Leben ist. Dabei hatten sie offenbar die stillschweigende Abmachung, dass sie jeweils alles, was die andere erzählte, mega, total cool, voll gut fänden. So hechelten sie abwechselnd ihre Beziehungen, ihr Studium, ihre Hobbys, ihre Reisen und am Schluss auch ihre Therapien, ihr ganzes großartiges Leben also, durch. Irgendwie hörte sich das an wie so eine amerikanische Familienserie im Nachmittagsprogramm. Ich konnte lange nicht einschlafen.

Als wir am nächsten Morgen aufstanden, war auf dem Platz noch alles still. Halb sieben erst.

„Ich muss aufs Klo“, grunzte ich.

„Echt jetzt? Nice!“, rief Ali laut und setzte sich auf.

„Du, das finde ich voll mega“.

Ich schaute sie aus meinen verklebten Augen verständnislos an.

„Das ist eine total coole Idee, Einer. Ich bin sicher, dass es dir hinterher wieder richtig gut geht. Das wird ein mega guter start of the day werden für dich. Läuft voll bei dir.“

Heinrich war auch aufgewacht und versuchte, sich mit den Pfoten die Ohren zuzuhalten.

Als ich vom Klo zurückkam, fing es an zu tröpfeln. Ali werkelte schon an ihren Packtaschen herum.

„Ist das nicht mega?“, rief ich ihr zu, „Der Himmel pisst genauso früh wie ich. Wir sind echt voll die coolen Bros, der Himmel und ich. **Ich brauche nur ein Viertelstündchen Zeit; Indessen mache dich zur schönen Fahrt bereit!**“.

Drüben ging ein Reißverschluss auf, eine der beiden Blondinen kam aus dem Zelt, das Gesicht genauso verknittert wie ihr pinkes Sweatshirt, würdigte uns keines Blickes und schritt erhobenen Hauptes Richtung Klo, unter dem Joggingpulli schaute Klopapier hervor. Ich wollte ihr schon hinterherrufen: „Gehst du kacken? Echt, ich finde das total mega von dir. Viel Erfolg!“ Aber dann dachte ich, dass das vielleicht respektlos und übergriffig wäre. Ah, verflucht, aber auch voll witzig, dachte ich dann, hielt aber trotzdem lieber die Klappe und murmelte nur leise vor mich hin: **„Du kannst! O wolle nur! Die Tür steht offen.“**

Heinrich, der gerade nach einem Morgenbad in der Oder Fellpflege betrieb, sah mich mit einem so strengen Blick an, dass ich wusste: Halt ab jetzt besser dein freches Maul, Einer! Also half ich ihm ein bisschen, sein Fell zu glätten, und deklamierte dabei: **„Doch gehen wir! Ergraut ist schon die Welt, die Luft gekühlt, der Nebel fällt!“**.

Heinrich erhob sich wortlos, holte sein Kissen aus dem Zelt, legte es in seine Kiste und sagte: „Ich bin fertig. Ihr auch? Oder muss ich noch lange warten? **Ich hätte Lust, nun abzufahren.**“ Ich mag es nicht, wenn mein Hund aus Faust zitiert.

Bei bedecktem Himmel packten wir das inzwischen patschnasse Zelt ein, gönnten uns in der Bäckerei beim Supermarkt gleich neben dem Zeltplatz ein gutes Frühstück und machten uns auf den Weg. Die Wolken lasteten nicht so bedrohlich niedrig und schwer auf der Gegend wie gestern. Es hörte sogar zu regnen auf, blieb aber angenehm kühl und der Gegenwind hielt sich noch in Grenzen. Die Luft fühlte sich frisch und sauber an, legte sich feucht und frisch auf mein Gesicht. Ali sang ihre Folksongs aus der Gitarrenschule und ich sang mit, so gut ich konnte. Ich fand, das klang sehr hübsch, war aber sehr anstrengend, weil wir schon wieder gegen den Wind treten mussten.

Am Abend war ich völlig ausgelutscht, wollte nicht mehr reden und mich nicht mehr bewegen. Es tat mir ein wenig leid, weil Ali das noch nicht kannte und mich mehrmals fragte, ob irgendwas mit mir sei. Heinrich hatte sich an diese Stimmungen schon gewöhnt. „Lass ihn, sagte er, „der hat seine Tage“. Aber das war es nicht. Es war, als hätte ich tagsüber beim Fahren alles Hochgefühl, zu dem ich im

Lauf eines Tages fähig bin, ausgelebt. Innerlich jauchzend fuhren wir durch die grandiose Landschaft, quälten uns im Gegenwind auf dem Deich kilometerweit dahin. Aber die Landschaft war so schön, dass die Anstrengung des Körpers, das Treten und Keuchen, das Brennen in den Beinen und die verdammten Rückenschmerzen nur die Begleitmusik darstellten zu einer Oper, deren Bühnenarbeiter wir waren, indem wir durch unser Strampeln beständig die Kulissen verschoben. Die Hauptdarsteller aber waren der Fluss, die weiten Felder, fette grüne Weiden, auf denen die Kühe philosophisch in die Ferne blickten, die Schafherden, die den Deich abgrasten, die Schiffe, die uns immer wieder kilometerweit begleiteten. Und weil die Musik fehlte, sangen wir sie uns selbst, keuchend und japsend, weil uns eigentlich die Luft fehlte, aber sehr überzeugend, wie ich fand.

Die Dramaturgie eines sehr schönen Tages erreichte gegen zwölf Uhr mittags standesgemäß ihren Höhepunkt: High noon. So gehört sich das. Etwa eine Stunde hinter Gartz fanden wir neben ein paar Schrebergärten, die sich zwischen Oder und Bundesstraße räkelten, einen verschwiegenen, idyllischen Holzsteg im meterhohen Uferbewuchs, zwischen Schilf und Röhricht und was sonst noch alles blüht und duftet und den blauen Libellen gewagt schaukelnde Aussichtsplätze bietet. Die Strömung war hier sehr gemächlich und die Sonnenflecken, die sich auf der Wasseroberfläche versonnen im Tanze drehten, riefen verführerisch nach mir.

Kurz umgesehen: … - - -? Kein Humanoide weit und breit. Ach, scheiß drauf! Und riss mir schon die verschwitzten Kleider vons staubige Leib, um wenige Sekunden später mit ob der unerwarteten Kühle klopfendem Herzen selbstvergessen gegen die Strömung zu paddeln. **Komm! Folge mir! Liebchen, fasse Mut!**, rief ich Ali zu, aber sie deutete mit vielsagender Miene auf ihren Unterleib und schüttelte den Kopf. Ich konnte das nicht so recht deuten, dachte mir aber auch nichts weiter dabei.

Als ich ans Ufer schaute, sah ich, dass ich gar nicht vorwärts schwamm, sondern rückwärts. Und da musste ich irgendwie daran denken, dass ich manchmal als Kind minutenlang ins Leere starren konnte, den Fluss der Gedanken einfach ausknipsen und mit dunklen Augen ins Nichts glotzen. Zum Beispiel in der Schule, wenn ich in der Pause alleine rumstand. Oder zu Hause, abends im Bett, wenn ich die wütenden Auseinandersetzungen meiner Eltern hörte, die kehliger werdende Stimme meines Vaters, die aufgeregte, höhere meiner Mutter: einfach das Gehirn ausknipsen, den Film anhalten. Stillstand.

Ich bemerkte, dass ich schon ein ganzes Stück abgetrieben war von dem Platz, wo im Gras neben Ali meine Kleider lagen. Ich versuchte schneller zu schwimmen. Aber noch immer war die Strömung stärker. Also versuchte ich zu kraulen. Richtig habe ich das nie gelernt. Ich schlug das Wasser schaumig, bis ich ganz außer Atem war. Als ich keuchend und prustend aufschaute, stellte ich fest, dass ich mich kaum meinem Platz genähert hatte und schon wieder zurücktrieb. Es hatte keinen Sinn. Die Strömung war viel stärker als ich. Ich musste irgendwie aus dem Wasser kommen, bevor ich kilometerweit flussabwärts transportiert wurde. Der Uferbewuchs war ziemlich dicht. Es gelang mir schließlich, mich an ein paar Weidenästen festzuhalten und durch Morast und Gestrüpp auf allen Vieren ans rettende Ufer zu kommen. Dort blieb ich kurz liegen, lauschte: - - - ? Nichts zu hören. Ich kroch ein Stück nach oben: freies Feld, kein Mensch zu sehen. Also rannte ich los, so schnell ich konnte. Speedy Gonzales, die schnellste Maus von Mexiko. Da vorne stand Ali und schaute in meine Richtung. Zwischen uns stand in einem Schrebergarten am Weg gebückt eine Frau in einer dunkelblauen Kittelschürze und sammelte Zwetschgen vom Boden. Ich überlegte, ob ich es wagen könnte, schnell an ihr vorbeizurennen, aber da richtete sie sich auf und streckte sich. Offenbar hatte sie Rückenschmerzen. Rasch duckte ich mich tief in die Uferböschung. Da sah ich Ali, die mit einem Handtuch zu mir herüber schlenderte. Sie legte es mir um die Hüften: **„Mein schönes Herrlein, darf ich´s wagen?“**, fragte sie. **„Bin weder Herrlein, weder schön“**, antwortete ich, und Hand in Hand gingen wir am Schrebergarten vorbei. Die Frau sah auf und fragte: „Wollt ihr ein paar Zwetschgen? Ich habe so viele“. Sie ging zum Gartenhäuschen, holte eine Plastikschale, füllte sie mit den reifen Früchten und reichte sie uns über den Zaun. Wir bedankten uns sehr und freuten uns wie die Kinder. Wieder bei den Rädern angekommen zog ich mich an und wir setzten uns frohen Mutes ans Flussufer. Ich habe nicht gewusst, wie lecker altes Brot mit reifen Zwetschgen schmeckt. Sie waren zuckersüß und verklebten uns Hände und Münder mit ihrem Sirup, den uns die Wespen von den Lippen fressen wollten. Also leckten wir einander die Münder und Hände ab.

Später, in der Abenddämmerung, saßen wir vor dem Zelt auf einer Holzbank, vor uns auf dem Tisch die Reste von

Brot, Käse und Tomaten, sahen den Ameisen zu, die eilig einige Brotkrumen abtransportierten, und ließen uns von den Mücken verstechen. Ali legte mir den Arm um die Schulter. „Das haben wir jetzt auch gemeinsam“, sagte sie.

„Was denn?“, fragte ich, immer noch mit diesem finsteren Gefühl in Kopf und Bauch.

„Naja“, sagte sie, „Heinrich, der alte Fuchs, hat`s gleich gemerkt, ich habe meine Tage. Und diesmal hast du mir scheinbar die schlechte Laune abgenommen. Finde ich nett von dir“, und küsste mich.

„Bin weder alt, noch bin ich Fuchs“, kam eine Stimme von unten.

Später, im stockfinsteren Zelt, zählten wir einander mit den Fingerspitzen tastend die Stiche. Die Nacht war reich an akustischen Eindrücken, weil die Nachbarn in den anderen Zelten in unterschiedlichen Tonlagen und Rhythmen schnarchten. Entsprechend verrückt waren auch meine Träume in den kurzen Schlafphasen. In meinem letzten Traum vor dem Aufwachen wurden wir beim Fahrradfahren von einem heftigen Unwetter überrascht. Ich fuhr eine steile Böschung runter zu einer Straße, auf der das Wasser talwärts schoss. Die Straße konnte nicht mehr überquert werden. So hievte ich mein Fahrrad auf die hölzerne Terrasse einer Bar, um dort auf Ali zu warten. Doch noch bevor ich sie sah, fühlte ich, dass ich bereits bis zu den Hüften im Wasser stand. Wohin sollten wir uns retten? Es gelang mir, Ali zu mir auf die Terrasse zu ziehen, doch die Strömung war sehr stark und das Wasser reichte uns schon bis zum Hals. Ein Feuerwehrmann kämpfte sich auf einem roten Moped die Straße entlang durch die Strömung zu uns durch, kam aber nicht nah genug heran und rief uns durch das Tosen zu, dass die Ortschaft – welche denn? – nicht gerettet werden konnte.

Plötzlich stand meine Oma neben mir und überreichte mir einen großen Emailletopf. „Hier, etwas zu essen von deiner Mutter!“ Ich schrie sie an: „Was soll ich denn jetzt mit diesem Riesentopf?“, da wurde Ali von der Strömung ergriffen und mitgerissen. Hilflos, den Topf in beiden Händen, sah ich zu, wie sie rasch abtrieb und in einem Strudel verschwand.

Ich wachte am nächsten Morgen total verwirrt auf, weil Ali vor dem Zelt schon mit Gaskocher und Topf herumklapperte. Ich wand mich aus dem Zelt, schlang von hinten die Arme um sie und sagte ihr, dass ich irgendwie total froh bin, dass sie da ist. „Was ist los?“, fragte sie, „du bist ja ganz verschwitzt“.

Ich erzählte ihr von meinem Traum, während wir frühstückten. Sie nippte von ihrem heißen Kaffee und sah mich dabei über den Rand ihrer Tasse an.

„So ein beschissener Traum“, sagte ich verlegen und drehte mir eine Zigarette. „Völlig wirre, gequirlte Psychokacke.“

„Weiß nicht“, sagte sie. „Ist doch völlig klar.“

„Was?“, fragte ich.

„Naja, warum du das träumst.“

„Echt?“, fragte ich, „warum denn?“

Sie stellte ihre Tasse hin und nahm meine Hand: „Du hast Angst, mich zu verlieren. Musst du aber nicht. Vorerst.“

„Vorerst?“, fragte ich.

„Ja, vorerst. Irgendwann ist ja alles mal vorbei.“

„Kann schon sein“, sagte ich. „Buddhismus: Alles Leben ist Leiden. Und nichts hat Bestand. Das ist mir viel zu hoch am frühen Morgen. Aber eines weiß ich genau.“

„Was?“, fragte Ali.

Ich machte eine ziemlich geniale Kunstpause, trank einen Schluck Kaffee, zog an meiner Zigarette, blies den Rauch sehr männlich in die Luft, dann nahm ich ihre Hand und sagte: **Es reget sich die Menschenliebe, die Liebe Gottes regt sich nun**. Sie wurde rot. Es ging mir wieder gut.

Irgendwann am Nachmittag saßen wir am Ufer, planschten mit den Füßen im Wasser und schauten hinüber auf die polnische Seite. Die Sonne brannte vom Himmel, dass die Luft über der Wasseroberfläche flimmerte. Der Fluss leuchtete, als wäre er der hell erleuchtete Schminkspiegel des Himmels.

„Da drüben sieht´s genauso aus wie hier“, sagte Ali. „Die gleichen Sträucher und Bäume, das gleiche Wasser, die gleichen Menschen.

„Glaub ich nicht“, sagte ich. Sowas wie dich gibt´s da drüben nicht.

„Doch klar, genau dieselbe“, sagte sie. Der Fluss hier ist wie eine Symmetrieachse. Alles, was es hier gibt, gibt´s auch da drüben.“

„Glaube ich nicht“, wiederholte ich. Wären wir in Polen aufgewachsen, würden wir anders reden, anders denken und uns anders benehmen. Wir hätten eine andere Geschichte. Vielleicht wärst du dann arm. Und ich wäre reich. Und deine Großeltern wären von den Deutschen massakriert worden, und meine hätten zugesehen, froh, dass sie verschont wurden.

Ein paar Meter entfernt stand ein dicker Grenzpfosten, schwarz rot gelb lackiert. Ali griff sich einen Kieselstein und warf ihn gegen den Pfosten. „Das ist vielleicht eine gequirlte Kacke mit dieser Grenze hier“, rief sie. „Wenn ich mir vorstelle, wie viele Menschen hier ums Leben gekommen sind, wie viele Mütter und Väter hier ihre Söhne und Töchter verloren haben, nur wegen der Frage, ob die Grenze nun hier sein soll oder auf der anderen Seite des Flusses oder in der Mitte oder vielleicht ganz woanders, am besten irgendwo hinter Riga.“ Und sie warf noch einen Stein auf den Grenzpfosten, verfehlte ihn wieder. „Wieso hört das nie auf? Was ist das für eine Scheiße! Jetzt töten sie einander in der Ukraine. Ich halte das einfach nicht mehr aus, Ajnur. Stell dir vor, wir wären Russen oder Ukrainer. Du hier und ich dort. Dann müssten wir gegeneinander kämpfen. Wir würden einander hassen. Ich dich. Du mich. Du drückst sofort ab, wenn du mich durch dein Zielfernrohr siehst. Und ich drücke in meinem Panzer auf den Knopf, und schon zerreißt es dich auf deinem Fahrrad, mit dem du Brot kaufen warst. Verfluchte Scheiße!“ Und sie sprang auf und warf noch einen Stein auf den Pfosten und weil ich gar nichts tun konnte, um sie zu beruhigen, stellte ich mich neben sie, hob einen richtig schweren, fast faustgroßen Stein auf und half ihr beim Danebenwerfen, traf aber zu meiner eigenen Überraschung schon beim ersten Versuch. Am Pfosten blieb eine kleine holzfarbene Delle im schwarzen Lack.

„Ob die hier wohl Videokameras haben?“ Ich schaute mich um. „Die überwachen doch sicher irgendwie ihre Grenze hier. Wahrscheinlich kommt gleich ein Hubschrauber mit der schnellen Einsatzgruppe, die sich abseilt und auf mich stürzt.“

„Ich rette dich“, sagte Ali. „Ich habe eine Schwäche für revolutionäre Helden.“

„Ich rette dich nicht“, sagte Heinrich. „Das war keine revolutionäre Aktion, sondern ein dummer Zufallstreffer. Für sowas riskiere ich nicht mein schönes Raubtiergebiss an irgendwelchen gepanzerten Polizeiwaden“.

Mir war es dann doch lieber, rasch weiterzufahren, bevor wir wirklich noch Schwierigkeiten bekämen wegen mutwilliger Beschädigung nationaler Hoheitszeichen oder so, keine Ahnung. Außerdem wollten wir heute noch bis zu einem Campingplatz am Stettiner Haff kommen. Also strampelten wir stundenlang auf dem schnurgeraden Asphaltband entlang, das mal neben, mal auf dem Deich entlangführte, immer rechts der Fluss, links Felder, so weit das Auge reichte. Keine Abwechslung. Nur dieser ewige Gegenwind. Und Staub und Hitze. **Helft! Die Hölle brennt!** Der Schweiß ätzte in den Augen. Alles tat mir weh. Besonders mein Arsch. Immer im Gegenwind durch die letzten Ausläufer der Uckermark. Das war echt hart. Und dann die Fliegen. Immer wieder Schwärme kleiner Mücken, ganze Wolken, durch die wir fahren mussten, am besten die Luft anhalten, ging aber nicht. Aber atmen hieß Fliegen fressen.

Ich musste husten. Meine Kehle fühlte sich an, als hätte ich mit Sand gegurgelt. Anhalten, ich fiel fast vom Rad dabei, Husten, Japsen, Spucken, Trinken, Umsehen. Scheiße! Hinter mir stand Ali und lachte sich schlapp über mir. Ich versuchte wie Eminem auszusehen und rappte, während ich nach Atem rang:

Es kommt mein Weib, schön wie der Morgen,
Und lächelt fort die deutschen Sorgen.

Drauf streckte sie mir beide Mittelfinger entgegen und rief: **Mich dünkt, der Alte spricht im Fieber.** Ich bin nicht dein Weib. Stellte dann aber doch ihr Fahrrad ab und klopfte mir den Rücken.

„Hey“, sagte ich. „Nicht anfassen. Nur gucken.“

Dann fuhren wir weiter. Wir hatten wieder bessere Laune.

Es wurde schon dunkel, als wir endlich völlig fertig am Campingplatz ankamen. Wir bauten unser Zelt unter hohen Kiefern auf. Es roch wie mitten im Wald. Nach Harz, heißem Sandboden und Kiefernnadeln, die den ganzen Tag über in der Sonne geröstet wurden.

Wir lagen im Sand, der noch warm war von der Sonne, hatten uns mit Alis Schlafsack zugedeckt und sahen zu, wie die untergehende Sonne ihre hundert Rottöne über die Landschaft und den Himmel sprühte. Die Wellen rauschten ruhig und gelassen an den Strand. „Ich kann hören, wie der Sand unter den Wellen schwebt“, sagte sie. Das war so ein Alisatz, sowas ließ sie öfter los, und ich konnte dann gar nichts drauf sagen, weil ich gleich drüber nachdenken musste.

Jetzt lauschte ich, ob ich auch den Sand unter den Wellen rieseln hörte: … - - ?? Nichts. Stattdessen hörte ich tausend Vogelstimmen, die ich von zu Hause nicht kannte. Ich nahm mein Handy und machte einige Aufnahmen, ging hierhin und dorthin, um unterschiedliche Arrangements aufzunehmen.

Plötzlich kam aus der Ferne, ich konnte gar nicht orten woher, ein ganz neuer Ton, eine Art kehliges Quäken, das sehr wichtig und bedeutsam klang, wie der rasche Austausch wichtiger Informationen. Es schwoll an, ließ schließlich alle anderen Stimmen verstummen. Dann sah ich es: Ein riesiger Schwarm von Wildgänsen, die in wechselnder Formation über den roten Himmel zogen, in langen, sich verzweigenden Reihen aus unzähligen Flügelwesen, die sich schwarz vom leuchtend türkisen, orangen, roten Farbenspiel des Himmels abhoben, immer neu anordneten, verzweigten, gegeneinander versetzten, aufeinander zubewegten und voneinander weg, wie ein lebendiges Notenblatt, auf dem die Symphonie des Lebens notiert war. „Ali!“, rief ich, „Ali! Sieh nur!“

Dann sah ich sie. Sie stand vor der Schwärze des nächtlichen Haffs, das die Farben des Himmels verschluckt hatte, und hielt ihr Gesicht in beiden Händen. Dann sank sie in den Sand, wo sie reglos kauerte, die Hände im Sand, den Kopf tief gesenkt.

„Ali!“, rief ich wieder. „Ali, was ist los mit dir?“ Ich sprang zu ihr, kniete neben ihr nieder und legte meine Hände auf ihre Schultern. Sie zuckten. „Was ist mir dir, liebe Ali?“, fragte ich wieder. Sie schüttelte den Kopf, das Gesicht nun im Sand. Ich streichelte ihren Rücken, ihren Kopf und flüsterte ihr immer wieder ins Ohr: „Ali, liebe Ali“. Schließlich beruhigte sie sich und setzte sich auf. Ihr Gesicht war voller Sand, Rotz und Tränen. Ich wischte es mit meinen Händen sanft ab.

„Der Funkschein“, sagte sie.

„Was?“, fragte ich ratlos. Ich hatte keinen Plan, was sie meinte.

„Der Funkschein. Der ist sauschwer. Ich habe zu wenig

gelernt. Musste ja auch aufs Abi lernen. Bin durchgefallen. Bloß wegen dem blöden Victor."

„Victor? Welcher Victor?" Ich war verwirrt.

„Ich hatte die Buchstabiertafel nicht ganz auswendiggelernt. Nur die erste Hälfte. Muss man aber. Sonst kennt man Papa, Romeo und Victor nicht. Und dann fällt man durch. So wie ich, ich blöde Kuh.

„Hm", sagte ich. „Und das fiel dir jetzt ein, weil die Sonne unterging und die Wildgänse loszogen?"

„Ja, Ajnur, mein Liebster", sagte sie. Ich bekam Angst. Sie hatte mich noch nie „Liebster" genannt.

„Ist doch scheißegal", sagte ich schnell, machst du die Prüfung eben noch einmal."

„Nein, du verstehst nicht", sagte sie. „Ohne den Funkschein kann ich nicht alleine ein Boot führen. Die lassen uns nicht aus dem Hafen raus mit dem Kahn."

„Was? Aber du hast doch den Bootsschein, beharrte ich. Scheiß drauf, fahren wir eben ohne Funk."

„Jetzt check´s doch bitte, Ajnur! Das geht nicht. Wir sind keine Wildgänse. Wir müssen uns an die Gesetze halten. Sonst haben die von der Küstenwache uns gleich am Arsch. Wir können nicht losfahren mit dem Boot. Aus unserer Reise wird nichts. Da drüben liegt Usedom. Morgen sind wir dort, du machst dein Foto, und dann ist unsere gemeinsame Reise zu Ende." Und sie begann wieder zu weinen.

Verdammt, Alter, ich kann das nicht aushalten, wenn jemand weint. Das macht mich zu einem hilflosen Vollpfosten.

Und sie hatte ja recht. Die Ferien gingen ohnehin zu Ende. Und ich wollte die Schule natürlich nicht hinschmeißen.

Und meine Mutter einfach im Stich lassen konnte ich auch nicht. Aber Mutter weinet sehr, hat ja nun kein Hänschen mehr. Scheiße Alter, da heulte ich einfach mit. **Im Elend! Verzweifelnd! Erbärmlich auf der Erde lange verirrt und nun gefangen!**

So saßen wir beide im Sand, ein weinendes Paar unter dem Abendhimmel, dessen festliche Beleuchtung langsam verblasste, während die rauen Rufe der letzten Wildgänse in der Ferne verhallten.

Kapitel 5: Einer kriegt aufs Maul

Track 15

Hi, Alter!

Hi, Ajnur! Na, alles gut?

Jaja. Alles gut. Ne, eigentlich ist nicht alles gut. Hab schlecht geschlafen und scheiße geträumt. Überhaupt: Was für eine beschissene Floskel: Alles gut. Wirklich alles ist ja niemals gut, oder? Ist ja auch so ne Lüge.

Kann schon sein. Deine Geschichte gestern war auch ganz schön traurig.

Geht´s noch, Alter? „Ganz schön traurig"? Das war voll supertraurig, Mann. Eine Katastrophe. Eine Tragödie. Eigentlich hatte ich es ja irgendwo tief drin schon gewusst, dass das wohl nichts wird mit unserer Ostseetournee. Aber bis jetzt hatte ich es immer geschafft, mir das irgendwie einzureden, dass das schon irgendwie noch wird.

Das war ja dann wohl auch eine Art, dich selber zu belügen, oder?

Stimmt. Weiß ich selber. Aber weil Ali ihren ganzen Kummer rausgelassen hat, ging das dann nicht mehr mit der Lüge. Und deshalb konnten wir uns die ganze beschissene Wahrheit ansehen und gemeinsam beschließen, was wir machen.

Und was war euer Plan?

Na, was schon: an die Ostsee fahren. Ein Foto machen.

Und dann?

Im Meer baden. Eigentlich gefiel mir ja die Idee, mit dem Boot von Alis Eltern einfach loszufahren, immer noch ziemlich gut. Scheiß doch auf den verfickten Funkschein! Aber Ali meinte, das geht auf gar keinen Fall. „Außerdem musst du sowieso zuallererst mal das Abitur machen, Ajnur."

„Und du? Was machst du, Ali?"

„Weiß nicht. Mal sehen. Mir fällt schon noch was ein."

Sie tat so gutgelaunt, als wäre das alles ganz okay für sie. Aber ich sah an ihre dunkle Augen, dass sie in Wahrheit richtig bekümmert war.

„Und wenn ich wieder in Nürnberg bin, wann sehen wir uns dann?", wollte ich fragen und hörte zwischen meinen Ohren mein Herz pochen, weil ich Angst hatte, sie sagt: „Na, gar nicht. Was denkst du denn, du Lauch?" Also ließ ich es lieber, hielt meinen Mund und versuchte, die schwarzen Wolken, die sich in meinen Gedanken auftürmten, nicht zu beachten.

Kurz vor Anklam sahen wir ein Schild „Zur Fähre". Ein kleines Motorboot lag dort. Ali sah auf die Karte.

„Das ist eine Abkürzung", sagte sie. „Spart uns 37 Kilometer."

„Und kostet neunfünfzig für Mensch und Rad", sagte ich und zeigte auf ein Preisschild am Steg.

„Abwarten", sagte sie.

Auf dem Schild stand „Bitte anrufen" und eine Handynummer. Ali telefonierte kurz, das Boot würde in einer halben Stunde kommen. Ich holte die Brote raus, die wir uns geschmiert hatten, und wir setzten uns im Schatten einer Trauerweide ins Gras. Schweigend sahen wir aufs Wasser, während wir aßen. Ali blinzelte mit halb geschlossenen Lidern auf´s Wasser, wo dunkle Wolken sich spiegelten. Dann sah sie mich an, und ihre Augen waren so dunkel wie der Fluss. „Aber das bleibt", sagte sie.

„Ja“, sagte ich. „Das bleibt.“

In der Ferne war das Tuckern eines Bootes zu hören. Es kam schnell näher. Träge rappelten wir uns auf und begannen, unsere Sachen einzupacken, da legte die Fähre schon direkt vor uns an.

„Ich brauche nur ein Viertelstündchen Zeit; Indessen mache dich zur schönen Fahrt bereit!“, rief ich dem Fährmann zu, der mich völlig verständnislos ansah und irgendetwas Unverständliches in seinen grauen Bart grummelte.

Das kleine Motorboot schaukelte heftig und mir wurde gleich zu Beginn der Überfahrt fast ein bisschen übel. Mit unseren Rädern, unserem Gepäck und uns beiden war die Nussschale schon überfüllt.

Hey, Alter, kannst du „Nussschale“ bitte streichen?

Wieso denn? Das ist doch eine sehr aussagestarke Metapher für ein eigentlich viel zu kleines Boot.

Ja, schon, aber ich weiß ein besseres: Schreib „Seelenverkäufer“!

Nenene, Ajnur. Seelenverkäufer passt nicht. Ein Seelenverkäufer, das ist ein großes, altes Segelschiff.

Scheißegal, Alter. Als Kind habe ich alle Bücher aus der Stadtbibliothek ausgeliehen, in denen es um Seelenverkäufer ging. Da steckt für mich so viel Abenteuer drin. Wenn das meine Geschichte werden soll, dann muss da unbedingt, wenn ich schon Boot fahren soll, das Wort „Seelenverkäufer“ drin vorkommen. Sonst kannst du dir dein Projekt in dein Arsch schieben.

Also gut, Ajnur, du bist der Chef:

Das kleine Motorboot schaukelte heftig und mir wurde

fast ein bisschen übel. Mit unseren Rädern, unserem Gepäck und uns beiden war dieser Seelenverkäufer en miniature schon überfüllt.

Hast du dem Arsch offen, Alter? Was soll denn das heißen: „en miniature“?

Naja, das heißt so viel wie: winzig, in verkleinerter Ausführung, das passt doch gut.

Nein, das passt gar nicht. Das klingt wie etwas Lächerliches. Aber mir war da nicht lächerlich zumute. Mir war schlecht. Ich hatte Angst vor den nächsten Tagen. Und außerdem fuhr dieses Boot an einem riesigen, rostiges Stahlgerüst vorbei, das wie das Skelett eines Hochhauses aussah. Die Reste einer alten Eisenbahnhubbrücke, erklärte uns der Käpt'n des Seelenverkäufers. 1933 gebaut und 1945 von der deutschen Wehrmacht zerstört. Ich meine, stell dir das mal vor, die bauen einen gigantischen Aufzug für Güterzüge, und dann sprengen sie ihn selber wieder in die Luft. Ich meine, ist das „en miniature“, mein Alter?

Okay, Ajnur, ist ja gut, hast gewonnen:

Das kleine Motorboot schaukelte heftig und mir wurde fast ein bisschen übel. Mit unseren Rädern, unserem Gepäck und uns beiden war der Seelenverkäufer schon überfüllt.

Siehste? Geht doch.

Zum Glück dauerte die Überfahrt nicht lange. Noch bevor der Bootsmann die Leine festgemacht hatte, hievte Ali ihr Fahrrad auf den Steg und haute ab. Ohne zu bezahlen. Stellte sich in die Pedale und trat rein wie blöd. In sicherer Entfernung hielt sie an und sah sich um. „Komm doch, du Penner!“ rief sie mir zu. Aber ich kramte einen Zwanziger aus meiner Bauchtasche. „Stimmt so“, sagte ich zu dem Fährmann, der keinen Ton sagte, mich nur unter dem Schirm seiner roten Baseballcap ansah, und kam mir fast ein bisschen blöd vor. Aber wo soll das denn hinführen, wenn die Armen die Armen bescheißen.

Und dann waren wir endlich auf Usedom. Die östlichste Insel Deutschlands, wusste mein Radführer. Sie empfing uns mit einem weiten Himmel und sanften, grünen Hügeln. Der Wind wehte sanft vom Haff herüber und schob uns fast mühelos auf dem schmalen, schnurgeraden Asphaltband dahin, und wir konnten gar nicht satt werden von dieser Landschaft, dieser Luft. Sogar Heinrich ließ die Ohren fröhlich im Fahrtwind flattern und sang uns alte Seemannslieder vor. So trieben wir unsere vollgepackten Räder immer weiter über die Insel, bis nach Ahlbeck. Aber das war dann echt voll der Schock, Mann. Ein größerer Kontrast lässt sich gar nicht denken. Tausend Kilometer Stille und Landschaft und nur Ali und Heinrich und ich. Und hier: Megamenschenmassen, die sonnenbebrillt die aktuelle Sommerkollektion und stolzer noch die gebräunte Haut zu Markte trugen. Alt und Jung, Arm und Reich, herdenmäßig vereint in dem ruhelosen Bestreben, für alle sichtbar gerade die schönsten Wochen im Jahr zu haben. So trugen alle statt der FFP2-Masken, die offenbar im Urlaub auch im größten Gedränge nicht mehr nötig waren, nur ihre gedankenlose Selbstzufriedenheit im Gesicht, obwohl die Schlagzeilen an den Kiosken zwischen Gala und Bunte vor steigenden Inzidenzen und der neuen Omikronvariante warnten.

Nur sehr mühsam bahnten wir uns den viele Kilometer langen Weg durch die unterschiedslos zusammengewachsenen siamesischen Drillinge Ahlbeck, Heringsdorf und Bansin, fanden überall die gleichen langweiligen Geschäfte und Kneipen, aber natürlich keinen Zeltplatz, obwohl wir inzwischen echt richtig kaputt waren.

Schließlich setzten wir uns in ein Kaffee, bestellten drei Apfelschorle und zwei Espresso – Ali mochte keinen Kaffee, sie nahm lieber ein Eis – und sahen den Kindern zu, die ein Stück weiter unten am Strand spielten. Ich hatte in einem der unzähligen Souvenirläden eine Ansichtskarte gekauft und schrieb an meine Mutter. Vor uns weinte ein kleines Mädchen, vielleicht sechs oder sieben Jahre alt oder so, und quengelte in einer Tour rum, dass es auch an den Strand wolle.

„Nichts da“, sagte der Vater, „du hast deine guten Sachen an, die wolltest du unbedingt anziehen, damit gehst du mir nicht an den Strand.“

Die kleine Schwester saß daneben, schaute interessiert dem Streit zu und schleckte ihr Eis. Wir kümmerten uns nicht weiter um die drei und beratschlagten über der Karte, wie weit wir noch fahren müssten. Plötzlich schreckte uns die harte, laute Stimme des Vaters auf: „Verdammte Scheiße, jetzt habe ich aber die Schnauze gestrichen voll!“ Er war aufgesprungen, hatte beide Kinder an der Hand gepackt, und zog sie mit sich. Dabei hörte er nicht auf, sie anzuschreien: „Da fährt man mit euch an die See, und dann macht ihr so einen Terror! Ihr kommt jetzt mit! Ich stell euch irgendwo ab und da lass ich euch dann stehen! Da könnt ihr dann rumquengeln, wie ihr wollt, ihr undankbaren Fratzen!“

„Nein, bitte nicht!“, bettelten die Kinder und die Größere

versuchte sich in Panik von dem harten Griff zu befreien, doch der Mann zerrte ruckartig und sehr heftig an ihr, so dass sie ins Stolpern kam und gegen ihn prallte.

„Lauf gefälligst anständig!“, schrie er sie an. „Oder bist du zu blöd zum Laufen!“ Das Mädchen heulte laut auf, hielt sich die Hand und sank auf die Knie.

Ich war wie versteinert. Aber Ali stand auf, ging einfach hin und sprach das Mädchen ruhig an: „Wieso weinst du denn? Hast du dir weh getan?“

„Meine Hand tut so weh“, sagte das Mädchen.

„Wie ist das denn passiert?“, fragte Ali und sah dabei zum Mann hoch, der einen unsicheren Schritt zurück machte. Ich ging hin und stellte mich schweigend neben Ali, sah den Mann an. Scheiße, der war bestimmt an die zwei Meter groß, weiße Sneaker an den Füßen, weißes Polohemd mit aufgestelltem Kragen, schwarzer Vollbart und so eine hochgeschorene Wehrmachtsfrisur. Erinnerte mich an irgendeinen Fußballer. Er sah uns unsicher an. Keiner sagte etwas. Nur das Mädchen weinte.

„Was hast du denn?“, fragte er mit einer plötzlich ganz weichen Stimme.

„Meine Hand tut so weh“, sagte das Mädchen. „Du hast mir weh getan. Du hast sie mir verbogen.“

„So, ich habe dir die Hand verbogen“, sagte der Mann, als sei das wieder so ein witziger Einfall eines etwas zu phantasievollen Kindes. „Na komm her, ich puste ein wenig. Dann tut es bald gar nicht mehr weh.“

Das kleine Mädchen stand immer noch schweigend neben ihm und schaute auf seine große Schwester. Wir schauten auf den Mann. Der wurde immer unsicherer. Er ging in die Hocke, nahm den Arm seiner Tochter und pustete sanft auf die Hand.

„Wird es schon besser?“, fragte er und sah dabei kurz zu uns. Es war, als fragte er uns.

„Und? Was wollen wir jetzt machen? Wollen wir zu Mami gehen? Oder wollt ihr lieber noch ein wenig an den Strand?“

„Ich will zu Mami“, sagte die Kleinere.

„Na dann lasst uns gehen“, sagte er und wollte die beiden an der Hand nehmen, doch die Große verschränkte schnell die Arme. Wir gingen hinter ihnen her, bis sie im Hotelfoyer des Ahlbecker Hofes verschwanden. In der Nähe hing ein gelber Briefkasten. Ich warf die Karte an meine Mutter ein.

„Was für ein Arschloch!“, seufzte Ali, als wir wieder zurück bei Heinrich waren, der die ganze Szene unter einem Kaffeehausstuhl verschlafen hatte. Auf Espresso wurde er immer sehr müde. „Mein Gott, wenn du so einen Vater hast …“, fuhr sie fort.

„Was ist dann?“, fragte ich. „Ich hatte nämlich so einen Vater. Genau das gleiche Aggressionspotential. Die gleiche Verlogenheit. Die gleiche Grausamkeit. Und keiner kann dich davor bewahren.“ Ich drehte mir eine Zigarette. Das ging nicht so gut, weil meine Hände zitterten.

„Mein lieber, lieber Ajnur“, sagte sie. „Aber man kann ihm zeigen, dass man sieht, was er macht. Und dass es falsch ist und verboten. Und kann den Kindern zeigen, dass man es gesehen hat.“

„Ja“, sagte ich. „Vielleicht“. Und rauchte still meine Zigarette.

Dann fuhren wir weiter. Strampelten bergauf, bergab, schließlich durch Dünenwälder auf sandigen Wegen, immer hundemüder, bis schließlich irgendwo vor Ückeritz Zelte und Wohnwägen das Ende dieses langen Tages, der schon dämmrig wurde, versprachen. Und doch mussten wir noch vier Kilometer weiterfahren, bis wir endlich zur Rezeption dieses Camps kamen, das irgendwie mehr an ein riesiges, überfülltes Flüchtlingslager als an einen Zeltplatz erinnerte. Dicht an dicht standen die mehr oder weniger provisorischen Behausungen auf dem sandigen Boden des Kiefernwaldes, der von Millionen von Zigarettenkippen übersät war.

„Gefällt es dir hier?“, fragte ich Ali. „Mir nämlich nicht.“

„Mir auch nicht“, sagte sie. Aber ich kann echt nicht mehr. Und bis Zinnowitz sind es sicher noch zwanzig Kilometer. Lass uns die eine Nacht hierbleiben und morgen ausgeruht dahin fahren. Morgen ist unser letzter Tag.“

Sie hatte ja recht. Ich wusste zwar nicht so richtig, was das mit dem letzten Tag zu bedeuten hatte, wollte aber auch nicht nachfragen. Außerdem war ich ja selbst fix und alle.

Während wir auf einem schmalen Streifen zwischen anderen kleinen Zelten unser Zuhause aufbauten, kämpften die basslastigen Schwermetallklänge von Rammstein aus einem Ghettoblaster rechts von uns gegen Helene Fischers „Atemlos“, das aus einem Wohnmobil dröhnte. Sonst freuten wir uns immer, wenn wir das Zelt aufgebaut, unser Bett aus Isomatten und Schlafsack gerichtet und unser Gepäck verstaut hatten. Das war wie ein gemeinsames Zuhause. Jetzt saßen wir ein wenig ratlos davor.“

„Mir gefällt es hier auch nicht“, knurrte Heinrich, der gerade von einem kleinen Erkundungsgang zurückkam. „Zu viele Kampfhunde auf dem Gelände. Und kein Bach oder See, wo ich baden könnte. Und das Meer ist zu wild für mich. Hast du mal wenigstens einen Schluck Wasser für mich?“

„Klar“, sagte ich, und goss ihm den Rest aus meiner Wasserflasche in seinen Napf. „Ist leider schon ein bisschen abgestanden und warm. Aber man soll ja sowieso nicht so kalt trinken, wenn es heiß ist.“

„Danke für die Fürsorge“, ätzte er. Die Stimmung war allgemein eher so mittel. Aber ein schnelles Bad in der eiskalten Ostsee brachte uns alle drei wieder ein wenig auf Trab. Wir konnten sogar Heinrich dazu bringen, mit uns durch die Brandung zu toben. Schließlich lagen wir zu dritt im Sand und sahen zu, wie der Abendhimmel langsam die Jalousien runterließ.

„Wie geht das jetzt weiter mit uns?“ Ich hatte sehr lange an diesem Satz herumgekaut, bevor ich ihn rausließ. Er saß mir im Kopf und im Hals und machte mir das Atmen schwer. Als ich ihn endlich ausgesprochen hatte, war´s mir ein bisschen leichter. Gleichzeitig hätte ich mir am liebsten ganz schnell ein großes Loch gebuddelt, den Kopf reingesteckt und wieder zugeschüttet, um die Reaktion nicht mitkriegen zu müssen.

„Ist doch klar, ich komme mit dir mit“, sagte Heinrich.

„Ja klar, ist klar“, sagte ich etwas irritiert. „Schön, ich freue mich. Und du, Ali?“

„Naja, ich komme nicht mit“, sagte sie.

Das Meer lag wie eine dunkelgraue Bleiplatte unter den milchigen Wolken, dazwischen schwamm der Horizont sinnlos in der Gegend herum. Auch auf meiner Brust lag eine Bleiplatte, die meine Stimme ganz eng machte.

„Das war´s dann also?“

„What? Hast du sie noch alle, Ajnur? Was ist denn mit dir los? Checkst du das denn gar nicht?“

„Was?“

„Na, dass ich mit dir zusammen sein will.“

„Naja“, sagte ich, „ich hatte echt Angst, das war´s jetzt mit uns.“

„Blödmann“, sagte sie und stand auf.

„Stimmt“, sagte ich und stand ebenfalls auf. „Deswegen.“

„Hä?“

„Naja, wer will schon mit einem Blödmann wie mir zusammensein.“

„Ich, Ajnur. Weil du Blödmann mir viel bedeutest.“

„Du mir auch, Ali. Du bedeutest die Welt für mich.“

„Geigen!“, rief Heinrich. „Wir brauchen hier dringend Geigen! Hier läuft ganz großes Kino. Ohne Geigen geht das nicht!“

„Kommst du mich besuchen? Bald?“, fragte sie.

„Klar, mach ich“, sagte Heinrich.

„Klar, mach ich,“ sagte ich. „Du mich auch?“

„Klar, du mich auch“, sagte Heinrich. Einen Wimpernschlag später hatte Ali ihn in der Brandung untergetaucht und anschließend im Sand gewälzt. „Magst du panierten Hund?“, rief sie.

„Klar“, sagte ich. „Und dich mag ich auch. **Staub soll er fressen, und mit Lust.** Los, mach weiter!“

„Geigen!“, schrie Heinrich abermals, musste aber gleich

die Ladung Sandmatsche in die Brandung kotzen, die ihm Ali schnell ins Maul gestopft hatte.

Eine halbe Stunde später saßen wir frisch geduscht – warm duschen kostete einen Euro und wir hatten aus Sparsamkeitsgründen und zur Pflege unseres sozialen Zusammenhalts zu dritt in einer Kabine geduscht - bei Kerzenlicht und Wein vor dem Zelt, bis es stockdunkel war. Um uns herum, viel zu nahe und zu eng, tobten übermüdete Kinder, zeterten entnervte Mütter, motzten ungeduldige Väter. Aus dem Familienzelt der Rammsteinfans dröhnten wieder die Bässe. In der Hoffnung auf den morgigen Aufbruch krochen wir bald in unsere Schlafsäcke. Heinrich bat darum, auch mit ins Zelt zu dürfen – wegen der Stechmücken, meinte er, dabei waren die hier gar nicht so schlimm. Aber wir hatten ihn ja vorhin zu zweit gründlich gewaschen. Außerdem war uns beiden klar, dass so eine dünne Zeltwand viel Geborgenheit geben kann, vor allem, wenn Kampfhunde in der Nähe sind. Nur wollte sich diese gewohnte Geborgenheit, Körper an Körper, diesmal nicht einstellen. Zu laut stampfte der Bass, zu rau grölte der Sänger. Auch die Stimmen der Männer, die aus einer größeren Gruppe ganz in der Nähe zu kommen schienen, wurden mit Fortschreiten der Nacht nicht gedämpft, sondern steigerten sich im Gegenteil in dem Maß, in dem die Umgebung stiller wurde. Das fortwährende Klirren von Flaschen untermalte zusammen mit den Schreien des Sängers und dem schweren Vorschlaghammer, den der Drummer zu benutzen schien, das Hörspiel, das sich da keine zehn Meter von uns entfernt, getrennt nur durch die dünne Plastikhaut des Zeltes, abspielte: vier Männer, zwei Frauen. Die eine kreischt in höchsten Tönen, die weit über den Platz schallen, die andere tönt im kehligen, verrauchten Alt. Ein fortlaufendes Gespräch ist nicht erkennbar. Stattdessen nur gebrüllte Fetzen zur Musik, die ständig gewechselt wird:

Hey, wasn det fürn Scheiß, Alter, bin ick n Bimbo oder wat, icke hau mal meine rein, wa, - Äy wo isn mein Handy, ihr Arschlöcher, - Fick dich doch du Fotze, - Fick dich selber, - Ne, fick du dich, - Echt jetze, - Äy Digga, jetze kommt unsa Lied, Alter.

Es folgt ein gegröltes gemischtes Sextett: Ihr seid uns scheißegahal wir denken nationahal.

Fuck Alter, wo sindn meine Kippen? Wirf ma det Feuer rüber, - Äy du Spast, ick hau dir eins in die Fresse, ja! - Gib Ruhe, komm, gib dem ma nochn Bier.

So geht das stundenlang. An Schlaf ist gar nicht zu denken. Wir liegen still und können nichts anderes tun als lauschen, beide die Hände in Heinrichs Fell, der zwischen uns liegt. Sein rechtes Ohr zittert.

Von der anderen Seite kommt die ärgerliche Stimme einer Frau: Ruhe jetzt bitte, wir wollen schlafen. Hier sind auch Kinder.

Halt die Fresse, du Fotze, sonst komm ick rüber zu dir, ja! - Wat sindn dit für Spießer hier, schlafen die schon, oder wat?

Dann eine neue Stimme, sonor, kraftvoll, selbstsicher, obwohl schon genauso besoffen wie die anderen auch: Heil Hitler, Volksgenossen! Habta nochn Stuhl frei fürn Kameraden? Der Schreier von vorher: Hey Nobbi, Leute, det is Nobbi, n guter Freund. N echter Kamerad is det. Mensch Nobbi, alte Frontsau!

Allgemeine Vorstellung, ineinander klatschende Hände: Hey, det is mein Stuhl hia. - Halt die Fresse, det is mein Kamerad, ja, wenn der sich hia setzen will, denn setzt der sich hia. Haste kapiert? Gib ma Bier rüber. So. Jetzt sauf, Kamerad. Aufn Endsieg. Flaschenklirren mehrfach. Wat habtern da für ne abgefuckte Mucke, hia hau ma rein die CD. Det is deutschnational. Ick höre deutschnational und ick sauf deutschnational. Hau weg die Scheiße! Erneutes Flaschenklirren. Mehrfach. Ab jetzt dominiert die Stimme Nobbis das Geschehen: Ick bin Rassist, Alta. Ick bin sowat von Rassist, dit globste gar nich. Ick bin sogar Ortsrassist. Rostock kannste vergessen zum Beispiel. Vergasen kannste dit. Die ganze Kacke da einfach vergasen, sajickdir. Ne Atombombe druf un fertich. Ey, hörma, geil, wa?

Eine Axt scheint auf Stahlplatten den Takt zu prügeln, dazu brüllt eine hasserfüllte Männerstimme, die an eine Kettensäge erinnert, ohne jede Melodie:

Heute gehört uns der Kiez
und morgen die ganze Welt.

Offensichtlich ist das der Refrain des Liedes, der jetzt von allen, also wiederum im gemischten Sextett, begeistert mitgegrölt wird.

Scheiße, Alter, ick muss schiffen. Ein Stuhl fällt. Äy, pass doch auf, du Wichser. Etwas abseits von dem sich fortsetzenden Geplärre – Es ist so weit, wir sind bereit, verkünden die Lautsprecherboxen – beginnt es zu plätschern. Äy, du alte Sau, kannste nich woanders pissen? - Ick pisse, wo ick will. Nobbis Stimme verrät keinerlei Unsicherheit oder Scham. Äy, kiekste mia aufm Schwanz, oder wat? - Ne, ick will doch nich kotzen. Die beiden Stimmen klingen gedämpft, offenbar sollen die anderen sie nicht hören.

Biste immer so krätzich, Süße? - Ne, nur wenn ich einen gut find. - Det is jut. Und wennste mia in die Fresse haust, wat is denn? - Ne, det mach ick nur, wenn ick een richtig gern mag. - Also komm, hau mia eine rein! - Ach fick dich! - Au ja, ficken wär jut jetze.

Der Nebendialog scheint beendet, die beiden Stimmen mischen sich wieder unter das allgemeine Getöse, in dem es nun – vielfach unterbrochen von häufig unartikulierten Schreien – um die Frage geht, wer wann wem und wie genau in die Fresse, aufs Maul, in die Eier geschlagen oder getreten hat. So ging das immer weiter.

Und du?

Und ich? Mehrfach wollte mich die Wut über so viel Dummheit und Rücksichtslosigkeit aufscheuchen: Zieh dich an, geh raus und sorg für Ruhe! Sei nicht so feige! Doch je länger ich zögerte und in die Nacht lauschte, je länger wir schutzlos den Naziparolen aus dem Ghettoblaster ausgesetzt waren, je betrunkener diese glorreichen Sieben wurden, bis sie schließlich über Zeltschnüre stolperten und zwischen die Zelte kotzten, desto klarer wurde ja, dass ihr besoffener Hass zwangsläufig zu nichts Gutem führen würde, und wenn dann noch meine Wut und meine Angst dazu kämen, dann würde das mit absoluter Sicherheit eine ganz, ganz beschissene Situation, aus der ich sicher nicht heil herauskommen würde. Und mir wollte einfach nichts einfallen, was ich tun könnte, außer blanker Gewalt, aber das war auch keine Option, das hatte ich spätestens im Knast bei meinem Vater gelernt, darin war ich einfach nicht gut.

Und Reden, Argumentieren, an Vernunft und Mitgefühl appellieren – da kannst du genauso gut einem Eisbären erzählen, dass er ab jetzt Broccoli statt Robben fressen soll. Also blieb ich liegen, passiv wie alle anderen, die nichts taten, die in ihren Zelten lagen und in die Finsternis lauschten und hofften, dass diese Nacht vorübergehen und ihnen nichts passieren möge. Es passierte auch nichts. Bis Nobbi über die Abspannleine unseres Zeltes stolperte und stürzte. Er fiel auf Ali, das gut gespannte Zelt fing sein Körpergewicht nur zum Teil auf, der andere Teil war schwer genug, dass ihr ein Schrei entwich. Sofort sprang Heinrich hoch und ging laut bellend und knurrend auf die amorphe Masse los, die als große Beule auf der Zeltwand lag.

Wasn det?, sagte die Beule, ne Fotze und ne Töle. Na euch wer ick helfen. Äy kommt ma her da, helft mia ma hoch. - Wat isn los, Alta, - na komm ma her hia, da is ne Alte mitm Hund, die ficken wa jetze bede, ick die Alte un du den Hund, wa? - Mach ma uff da, ma sehen, wie die aussieht.

Der Reißverschluss des Außenzelts wurde geöffnet, dann schob sich ein massiger Schatten durch die enge Eingangsöffnung, kniete vor dem Innenzelt. Der Reißverschluss klemmte immer ein wenig.

Geht nich uff die Scheiße hia.

Jemand zerrte heftig, griff dann mit beiden Händen in den Stoff des Innenzeltes und riss ihn einfach auseinander. Ali kauerte an der gegenüberliegenden Wand des Zeltes, beide Hände vor dem Mund, Heinrich stand kehlig knurrend vor mir, ich kniete vor dem Eingang, in dem jetzt ein Loch klaffte. Als darin ein massiger Kopf erschien, in der Dunkelheit ohne Gesicht, schlug ich zu. Ich wusste, ich hatte nur diesen einen Schlag. Also legte ich meine ganze Kraft hinein. Ein heftiger Schmerz fuhr mir durch die Hand und das Gesicht verschwand, der Schatten sackte zur Seite. Für einen kurzen Moment schien es ganz still. Dann sprang Heinrich durch das Loch in die Dunkelheit. Schreie.

Äy schnell, kommt ma her!

Bellen, Knurren, laute Stimmen, die sich rasch näherten, der Zelteingang wurde ganz aufgerissen, mehrere Hände packten mich, zogen mich heraus, ich schlug wild um mich, ein Stiefeltritt ließ in meinem Bauch einen Schmerz frei, der mir die Luft nahm, ich kam trotzdem auf die Beine, aber sofort schlug eine Faust unter meiner Nase ein, ich spürte wie Zähne brachen, dann ein Tritt in den Unterleib, der mir die Luft nahm, dann seitlich ein Tritt gegen das Knie. Etwas in meiner Körperstatik zerbrach. Ich stürzte, fiel nach vorne. Dann sah ich eine amorphe Masse, die mit einem lauten, kehligen Schrei von oben auf mich fiel. Ich spürte einen Schmerz an der Wirbelsäule, der mich mit einem lauten Krachen wie von berstendem Holz in zwei Teile entzweiriss. Dann wurde es ganz still um mich. Und ich wusste: Aus. Finito. The End. Nobbi war mir mit zwei Knien voraus ins Kreuz gesprungen. Einhundertzwanzig Kilo Lebendgewicht mit Anlauf. Das eine Knie landete auf meinem Arsch und brach mir das Steißbein. Knack. Das andere landete knapp oberhalb auf der Wirbelsäule. Knack. Eine Geräusch, als würden zwei trockene Äste fast gleichzeitig brechen. Dann wurde es schwarz.

Punkt. Fertig. Ende.

Epilog

Als Ajnur geendet hatte, schwiegen wir beide lange. Draußen kam nach einem dunklen, verregneten Herbsttag gerade der rötliche Schein der Abendsonne zwischen den Wolken hervor. Neben Ajnurs Rollstuhl lag Heinrich und sah mit dem Ausdruck tiefen Missfallens hoch zu uns, vom einen zum anderen. Schließlich sprang er mit einem Satz auf den Stuhl, der zwischen uns stand, schob die schmutzige Kaffeetasse, die schon die ganze Zeit über hier gestanden hatte, mit einer ungeduldigen Bewegung zur Seite und sagte:

> wie, und das soll es jetzt gewesen sein? da fehlt doch ein vernünftiger schluss bei der geschichte.

Ach Heinrich, was mischst du dich denn jetzt wieder ein? Das nennt man einen offenen Schluss. Die Leute sollen selber denken und sich überlegen, wie die Geschichte von Ajnur weitergehen könnte.

> **der casus macht mich lachen.** das ist doch absoluter quatsch!

Wieso ist das Quatsch? Das ist Literatur, mein vierbeiniger Freund!

Äy Digga, ich finde Heinrich hat voll recht. Wieso sollen sich die Leute ausdenken, wie meine Geschichte ausgeht?

Naja, wie gesagt: Literatur halt.

Weißt du was? Ich pfeife auf deine Literatur. Ich sage,

wie meine Geschichte weitergeht. Und die Leute sollen das lesen und sich denken: Mensch, der Ajnur, Alter! Das ist mir Einer.

> ja, genau, Einer, komm, wir denken uns das ende deiner geschichte aus.

Ne, Heinrich, du hältst jetzt auch mal dein Maul. **Wandle ihn, du unendlicher Geist! Wandle den Hund wieder in seine Hundsgestalt!**

Wir klären jetzt mal die Rollen ab. Du bist hier der Hund. Mein treuer Begleiter. Aber du verschwindest jetzt aus der Rahmenhandlung. Und du, Alter, du bist der Erzähler. Du schreibst ab jetzt dein bestes Deutsch und hältst dich ansonsten raus. Ich entscheide, wie meine Geschichte weitergeht. Kapiert?

Also gut, Ajnur. So machen wir´s:

Kapitel 6: Einer erzählt

Track 16

Zwei Tage später saßen wir ein letztes Mal in der Cafeteria.

„Das war´s, Alter. Heute ist mein letzter Tag hier“, sagte ich.

„Echt jetzt, Ajnur?“

„Ja, echt, Alter. Ali und Heinrich kommen gleich und holen mich ab. „

„Oh Mann, das freut mich für dich. Bleibt Ali hier?“

Ich zögerte ein wenig mit der Antwort. „Vorerst schon. Sie studiert jetzt in Nürnberg und wohnt auch bei meiner Mama. Aber die meiste Zeit ist sie im Klimacamp. Die haben schon seit Monaten den Platz vor der Sebalduskirche besetzt und machen Aktionen für eine klimafreundlichere Politik.“

„Und du? Was wirst du denn jetzt machen?“

„Erst einmal kaufe ich mir vom Schmerzensgeld ein Handbike, damit ich wieder Rad fahren kann. Ab September gehe ich wieder zur Schule, mache nächstes Jahr das Abi und studiere.“

„Und was?“

„Na, was wohl? Musik natürlich. An der Hochschule hier in Nürnberg. Liegt direkt am Wöhrder See. Kein Problem mit dem Handbike.“

„Und was wird mit Heinrich?“

Ich zog aus der Hosentasche mein Tabakpäckchen und wollte mir eine drehen. Dann fiel mir aber ein, dass ich ja heute nach dem Frühstück angefangen hatte, aufzuhören

„Hier", sagte ich und reichte es über den Tisch. „Schenk ich dir. Ich bin ab heute Nichtraucher."

„Sehr gut", sagte er. „Ich auch. Leg es doch einfach auf den Tisch. Irgendeiner freut sich darüber. Was ist jetzt mit Heinrich?"

Ich holte tief Luft: „Der kann nicht auch noch mit zu meiner Mutter ziehen. Ich dachte, du nimmst ihn."

„Ich? Ist das dein Ernst?"

„Klar, ihr seid doch ein gutes Team, ihr zwei. Ab und zu musst du ihn mir natürlich leihen."

„Aber das geht doch nicht hier in der Rehaklinik."

„Du warst doch sowieso lang genug hier."

Sein Widerstand erlahmte. „Das stimmt allerdings. Nächsten Monat werde ich auch entlassen."

„Bis dahin kann er ja bei Ali im Klimacamp bleiben", sagte ich und sah auf. Gerade kamen Ali und Heinrich durch die Tür. Ich winkte und sie steuerte mit einem Lächeln auf unseren Tisch zu. „Ach, schau, da kommt sie ja", sagte ich. „Sieh nur, wie ihr Haar in der untergehenden Sonne purpurrote Wassertropfen versprüht! Und hör nur, wie die Amsel dort sie mit ihrem Gesang begrüßt."

> „ja, genau. und hört ihr die geigen?", knurrte Heinrich und stupste zur Begrüßung mit seiner Nase gegen mein Bein.

„Schnauze, Heinrich. Jetzt ist Schluss. Wir haben eine Abmachung. Schon vergessen?" Es war ihm echt nicht leicht beizubringen, dass er jetzt einfach nur noch ein Hund war. Und er gab nicht nach:

„nein, Einer, echt jetzt! das ist doch kein passender schluss für deine geschichte. das ist ja wie so eine parfumreklame. ich hasse parfum. stinkt wie sau und überdeckt den wahren geruch der lebewesen und der dinge. für falsche gerüche haben wir hunde ein feines gespür. Und das hier riecht falsch."

Ali umarmte mich, setzte sich auf den freien Stuhl zwischen uns und nahm einen Schluck von dem Kaffee, der vor mir stand. Er war eiskalt. Sie verzog das Gesicht und sagte:

„Ja echt, Ajnur! Heinrich hat völlig recht. So willst du unsere Geschichte enden lassen? „wie ihr Haar in der untergehenden Sonne purpurrote Wassertropfen versprüht!" Geht´s noch, Mann? Das bin doch nicht ich. Und du bist doch auch nicht so oberflächlich. Und unsere Geschichte ist auch nicht so. Weißt du noch, die zwei Tussis in Schwedt? Die sich die ganze Zeit ihr Leben so mega schön geredet haben? Das Leben ist nicht mega, Ajnur. Und ich bin´s auch nicht. Keine Ahnung, wie das mit mir weitergehen soll. Keine Ahnung, ob ich das Richtige studiere. Und das Klimacamp wird demnächst abgebaut, weil wir kein einziges unserer Ziele erreicht haben. Und so wird das weitergehen, Ajnur. Und das weißt du doch genauso gut wie ich. Purpurrote Wassertropfen – echt jetzt!"

Die Abendsonne warf unsere Umrisse als rötliche Schatten an die gegenüberliegende weiße Wand. Ich kam mir ein bisschen vor wie in einem Film.

„Also jetzt pass mal auf, liebste Ali!", sagte ich und bemerkte, dass es plötzlich ganz still um uns herum wurde. Das Geklapper von Geschirr und die Stimmen der anderen Gäste in der Cafeteria waren verstummt, es gab nur noch uns vier an diesem Tisch im rötlichen Schein der Abendsonne.

„Diese Wassertropfen in deinem Haar bei Sonnenuntergang, die gibt es wirklich, die habe ich gesehen. **Das hat sich mir tief eingebrannt.** Und ich habe Martin kennengelernt und Helene. Und Heinrich hier. Und diese vier Wochen, das war die beste Zeit in meinem Leben. Und dass es auch Nobbi gibt und dass der mir das Kreuz gebrochen hat und ich jetzt nie mehr laufen kann, ist richtig übel. Aber du bist hier. Und deswegen fühle ich mich nicht mehr wie ein beschissener Freak. Und das ist auch ein Teil dieser Geschichte. Mein ganzes Leben habe ich mich geschämt für das, was ich bin. Und alles Gute hielt ich für Lüge. Aber es gibt dich im Sonnenuntergang. Und unsere Geschichte geht weiter. Eine Geschichte um die Vergeblichkeit und um die Hoffnung. Und um das Leben."

Kurze Zeit später rollte ich mit meiner Reisetasche und einer Alditüte auf dem Schoß in die Dunkelheit. Die Tüte hatte Ali für die Schmutzwäsche mitgebracht. Ich erkannte sie sofort wieder wie einen vertrauten Begleiter.

Als ich mich noch einmal umdrehte, sah ich meinen Freund alleine an seinem Tisch in der hell erleuchteten Cafeteria sitzen. Er beugte sich, einen Stift in der Hand, über ein Notizbuch. In den Pfützen, die unseren Weg zum Bahnhof säumten, spiegelte sich das Mondlicht.

Dank

Mein erster Dank gilt allen Schülerinnen und Schülern, all den Kindern und Jugendlichen, die mich in der langen Lebensphase, in der ich als Lehrer gearbeitet habe, mit ihrer Kraft und Lebendigkeit, mit ihrer Offenheit und ihrem Vertrauen bereichert und gefordert haben. Ich habe viel von ihnen gelernt.

Sehr dankbar bin ich meinen Töchtern Laura und Katharina für ihre wertvollen Hinweise, vor allem aber für alles, was ich von ihnen über den sensiblen Umgang mit Sprache gelernt habe.

Ich danke Hans-Jürgen Beck für die mühsame Lektüre des Rohmanuskripts, für seine Ehrlichkeit und die vielen kritischen Hinweise.

Großer Dank gebührt den Erfindern Karl von Drais, Pierre Michaux, John Starley und John Boyd Dunlop und allen anderen Männern und Frauen, deren Genialität wir die Entwicklung des Fahrrads verdanken, des intelligentesten Fortbewegungsmittels aller Zeiten.

Vor allem aber danke ich dir, Maria, für die Kraft, die du mir gegeben hast und der ich dringend bedurfte, um dieses Buch fertigstellen zu können, für die mehrfache Durchsicht des Manuskripts in seinen unterschiedlichen Entstehungsphasen, für deine große Sorgfalt und literarische Kompetenz und für diesen ganzen langen gemeinsamen Weg.

Quellen

Johann Wolfgang Goethe: Faust. Eine Tragödie (Faust I). Textedition: Albrecht Schöne. Mit einem Kommentar von Ralf-Henning Steinmetz. Suhrkamp, Frankfurt am Main 2009, 8. Aufl. 2018 (Suhrkamp BasisBibliothek, Bd. 107)

Georg Büchner: Sämtliche Werke und Schriften. (Marburger Ausgabe), Band 7: Woyzeck. Teilband 1. Wissenschaftliche Buchgesellschaft, Darmstadt 2006

Joseph von Eichendorff: Aus dem Leben eines Taugenichts. Reclam, Stuttgart 1995

Bikeline Radtorurenbuch Oder-Neiße-Radweg, Verlag Esterbauer, Rodingersdorf (6)2008

Bei dem Buch, das auf Seite 9 erwähnt wird und das der Erzähler Ajnur ausleiht, handelt es sich um den großartigen Roman „Vierunddreißigster September" von Angelika Klüssendorf (Piper, München 2021).

Die Liedzeilen „Und Kinder wachsen auf (…) wie schwerer Honig aus den hohlen Waben" sind dem Gedicht „Ballade des äußeren Lebens" von Hugo von Hofmannsthal entnommen; aus: Hoffmannsthal, Gedichte, Leipzig (Insel-Verlag) 1922.

Das Zitat „es ist in allen" stammt aus dem Gedicht „Herbsttag" von Rainer Maria Rilke, zitiert nach: Rilke, Werke. Frankfurter Ausgabe in sieben Bänden. Herausgegeben von Jürgen Schmidt-Radefeldt, Bd. 1, Frankfurt a.M. 2003.

Ajnur hat unter anderem das Gedicht „Im Nebel" von Hermann Hesse erwähnt, nachzulesen z.B. in: Walter Hinck: Stationen der deutschen Lyrik. Von Luther bis in die Gegenwart — 100 Gedichte mit Interpretationen. Vandenhoeck & Ruprecht, Göttingen 2000.

Das Zitat „Ihr, die ihr hier eintretet, lasst alle Hoffnung fahren!" stammt aus Dantes „Göttlicher Komödie": Dante Alighieri, La Commedia, Die Göttliche Komödie. Italienisch/Deutsch. In Prosa übersetzt und kommentiert von Hartmut Köhler. Reclam, Stuttgart 2011–2014.